ARITHMÉTIQUE APPLIQUÉE ET IMPERTINENTE

Auteur de nombreux livres à succès dont *Il a jamais tué personne, mon papa* et *Grammaire française et impertinente*, Jean-Louis Fournier a fêté ses soixante ans avec son livre *Mon dernier cheveu noir.*

Paru dans Le Livre de Poche :

À MA DERNIÈRE CIGARETTE

GRAMMAIRE FRANÇAISE ET IMPERTINENTE

IL A JAMAIS TUÉ PERSONNE, MON PAPA

JE VAIS T'APPRENDRE LA POLITESSE...

J'IRAIS PAS EN ENFER

MON DERNIER CHEVEU NOIR

LES MOTS DES RICHES, LES MOTS DES PAUVRES

MOUCHONS NOS MORVEUX

LE PETIT MEAULNES

ROULEZ JEUNESSE

SATANÉ DIEU !

JEAN-LOUIS FOURNIER

ARITHMÉTIQUE APPLIQUÉE

ET IMPERTINENTE

dessins de Marie Fournier

PAYOT

Ce livre a été réalisé avec la collaboration de Bookmaker.

Conception graphique : Michèle Defait

ISBN : 978-2-253-15328-3 – 1re publication – LGF

L'*Arithmétique appliquée et impertinente* vous donne des faux problèmes mais toujours des solutions justes*.
Elle a été écrite pour tous ceux qui ont des comptes à régler avec les chiffres et pour les élèves du fond de la classe.
Qu'elle les aide à calculer la vitesse des mouches et à compter les étoiles.

Jean-Louis Fournier
ancien élève

* Les solutions justes, c'est mon frère Yves-Marie, polytechnicien, qui les a trouvées.

LA LONGUEUR

Quelle doit être la longueur de la corde ?

LA LONGUEUR

Le calcul des longueurs permet de mesurer le cou d'une girafe, le nez de Cyrano et de vérifier la longueur du bras de celui qui prétend avoir le bras long.

L'unité principale est le mètre. Un mètre étalon en platine iridié est déposé au pavillon de Breteuil à Sèvres et un étalon de 3 mètres dans une écurie à Vincennes.

REMARQUE
Le mètre à ruban est utilisé les jours de fêtes.

Le kilomètre vaut 1 000 mètres.
L'hectomètre vaut 100 mètres.
Le décamètre vaut 10 mètres.
Le mètre vaut 1 mètre.
Le décimètre (dixième du mètre) vaut 0,1 mètre.
Le centimètre (centième du mètre) vaut 0,01 mètre.
Le millimètre (millième du mètre) vaut 0,001 mètre.

REMARQUE
Le nain qui mesure 1 mètre préfère dire, par coquetterie, qu'il mesure 10 décimètres.

Problème

Le gardien de phare va pisser cinq fois par jour.
Les WC sont au rez-de-chaussée, il doit chaque fois descendre 143 marches de 20 cm.
Calculez le nombre de kilomètres que le gardien de phare parcourt en une semaine de 7 jours pour aller pisser.

Comment faire ?

- Je calcule la longueur totale de l'escalier en multipliant le nombre de marches par leur hauteur.
- Je multiplie le nombre obtenu par 2 (monter et descendre) puis par 5, et j'obtiens la distance franchie chaque jour par le gardien de phare pour aller pisser.
- Je multiplie cette distance par le nombre de jours de la semaine, et je convertis le chiffre obtenu en kilomètres.

Résultat : page 14. Corrigé : page 16

Problème

Un désespéré mesure 1,50 mètre au garrot.
La poutre de son plafond est à 3,10 mètres du sol et son tabouret a une hauteur de 50 centimètres.
Quelle est la longueur minimale de la corde qu'il va falloir au désespéré pour se pendre ?
(On compte 1 mètre pour les nœuds.)

Comment faire ?

- Je fais monter le désespéré sur le tabouret et je mesure la hauteur du sol au garrot du désespéré.
- Je soustrais le nombre obtenu de la hauteur de la poutre et j'ajoute 1 mètre pour tenir compte des nœuds.
  J'obtiens la longueur minimale de la corde.

Résultat : page 14. Corrigé : page 16

Problème

À la suite d'un orage, un village alsacien est inondé ; l'eau monte de 45 cm par heure. Une cigogne est installée dans son nid, sur la cheminée d'une maison.
Le pignon de la maison mesure 8,75 m, la cheminée

2,30 m, les pattes de la cigogne 1,25 m, le corps de la cigogne 40 cm, le cou de la cigogne 80 cm. Au bout de combien de temps aura-t-elle le bec dans l'eau ?

Comment faire ?

- Je convertis toutes les dimensions en centimètres et j'additionne.
- Puis je divise la somme obtenue par 45, ce qui me donne le nombre d'heures pour que la cigogne ait le bec dans l'eau.

Résultat : page 14. Corrigé : page 16

Problème

Depuis 15 ans, un charcutier parisien fabrique 10 mètres de boudin par jour (il ne travaille pas le lundi et s'arrête 4 semaines chaque année).
Si le charcutier déroulait sur la route depuis Paris le boudin qu'il a fabriqué depuis 15 ans, de quelle ville serait-il le plus proche : Barcelone, Moscou ou Senlis ?
Barcelone est à 1 300 km, Moscou à 3 200 km et Senlis à 50 km de Paris.

Comment faire ?

- Nous prendrons des années de 365 jours.
- Je calcule le nombre de jours pour 15 ans, j'en soustrais les vacances et les lundis pour avoir le nombre de jours de travail.
- Je multiplie par 10 pour la longueur du boudin.

Résultat : page 14. Corrigé : page 16

Problème

Calculons ensemble la longueur d'un rat.
Prenons un rat adulte, sa tête mesure 5 cm, son corps 10 cm et sa queue 12 cm.
Combien faut-il de rats pour couvrir la distance Paris-Lille par l'autoroute (216 km) ?

Comment faire ?

- J'additionne les longueurs des différentes parties du rat. Je convertis la distance Paris-Lille en centimètres et je divise ce nombre par la longueur du rat.
- J'obtiens ainsi le nombre de rats nécessaires pour couvrir Paris-Lille.

Résultat : page 14. Corrigé : page 17

Problème

Un enfant grandit de 5 cm par an jusqu'à 18 ans.
Un vieillard en se tassant perd 1 cm par an à partir de 70 ans.
Prenons un enfant de 6 ans qui mesure 96 centimètres et un vieillard de 72 ans qui mesure 1,62 m.
Au bout de combien d'années le vieil homme et l'enfant auront-ils la même taille ?

Comment faire ?

- Je calcule d'abord la différence de taille entre le vieil homme et l'enfant.
- Puis je calcule de combien cette différence diminue tous les ans. J'en déduis le nombre d'années pour qu'ils se rejoignent.
- Mais attention, je dois vérifier qu'à cette date l'enfant grandira encore et que le vieil homme ne sera pas mort.

Résultat : page 14. Corrigé : page 17

Problème

On prétend que la barbe continue à pousser après la mort, à raison de 3 mm par 24 heures.
Quelle était en 1993, à la date anniversaire de leur mort, la longueur en mètres de la barbe de Mozart, mort le 5 décembre 1791, et de celle de la reine Victoria, morte le 15 juin 1901 ? (On comptera des années de 365 jours.)

Comment faire ?

- Je calcule combien il y a d'années depuis la mort de Mozart : 1993 – 1791 et la mort de la reine Victoria : 1993 – 1901.
- Je convertis les années en jours. Je multiplie le nombre obtenu par 3, ce qui me donne le résultat en millimètres, et je le transforme en mètres.

Résultat : page 14. Corrigé : page 17

Problème

Pour atteindre des médicaments haut placés, le pharmacien gravit par jour 50 fois 1,50 mètre sur son échelle.
Calculez le nombre de semaines qu'il faudra au pharmacien pour atteindre la hauteur de l'Annapurna (8 775 mètres).
N'oubliez pas que le dimanche le pharmacien reste au sol.

Comment faire ?

- Je calcule la hauteur que le pharmacien gravit par jour : 50 × 1,5 mètre, puis la hauteur gravie par semaine, et je divise la hauteur de l'Annapurna par ce nombre.

Résultat : page 14. Corrigé : page 18

Problème

Par souci d'hygiène les industriels de l'agro-alimentaire ont décidé de commercialiser des huîtres découquillées en berlingots de plastique.
Chaque huître est enfermée dans une poche étanche de 5,5 cm de longueur et ces poches sont vendues en ruban.
Calculez en mètres la longueur de 2 douzaines d'huîtres en berlingot.

Comment faire ?

- Je multiplie la longueur d'un berlingot d'huître par 24 puis je convertis en mètres.

Résultat : page 15. Corrigé : page 18

Problème

Les douaniers ont enroulé sur une grosse bobine les frontières de l'Europe désormais inutiles.
Ils décident de les offrir aux médecins sans frontières.
Calculez la longueur totale des frontières inutiles, sachant que chaque médecin en reçoit pour 1 000 francs, qu'ils sont 500 et qu'un kilomètre de frontière vaut 50 francs.

Comment faire ?

- Je calcule la longueur de frontière reçue par chaque médecin sans frontières.
- Je la multiplie par le nombre de médecins sans frontières.

Résultat : page 15. Corrigé : page 18

Problème

Deux vacanciers ont abandonné à Montpellier leur bébé de 9 mois, qui n'avait pas été sage.

Quelle ne fut pas leur surprise quand 6 mois plus tard, rentrés chez eux à Lille, ils ont vu arriver leur enfant qui avait fait à quatre pattes le trajet Montpellier-Lille par l'autoroute !
On demande la distance parcourue par le bébé, sachant qu'il faisait 500 m à l'heure, qu'il avançait 10 heures par jour et qu'il a mis 200 jours.

Comment faire ?

- Je calcule d'abord la distance parcourue par jour par le bébé.
- Puis la distance totale parcourue.

Résultat : page 15. Corrigé : page 18

Résultats

→ Le gardien de phare doit parcourir 2,002 km par semaine pour aller pisser.
→ Il faut une corde d'au moins 2,10 m au désespéré pour se pendre.
→ La cigogne aura le bec dans l'eau au bout de 30 heures.
→ Le boudin mesure 43,35 kilomètres et, déroulé depuis Paris, il sera à 6,65 km de Senlis.
→ Il faut 800 000 rats pour couvrir la distance Paris-Lille.
→ Le vieil homme et l'enfant se rejoindront au bout de 11 ans.
→ En 1993, la barbe de Mozart mesurera 221,19 mètres, celle de la reine Victoria 100,74 mètres.
→ Il faudra 19,5 semaines au pharmacien pour atteindre sur son échelle la hauteur de l'Annapurna.

→ La longueur de 2 douzaines d'huîtres en berlingot est de 1,32 mètre.

→ La longueur des frontières offertes par les douaniers aux médecins sans frontières est de 10 000 kilomètres.

→ L'enfant a parcouru 1 000 km à quatre pattes.

Corrigés

Les toilettes du phare sont au rez-de-chaussée

Longueur escalier :
20 × 143 = 2 860 cm soit 28,60 mètres
Montée + descente :
2 860 × 2 = 57,20 mètres
Distance par jour :
57,20 × 5 = 286 mètres
Distance par semaine :
286 × 7 = 2 002 mètres
Soit 2,002 kilomètres

La corde du pendu

Hauteur du désespéré (garrot) sur son tabouret :
150 + 50 = 200 cm soit 2m
Distance garrot-poutre :
3,10 – 2 = 1,10 mètre
Longueur corde :
1,10 + 1 = 2,10 mètres

Le bec dans l'eau

Hauteur pignon : 875 cm
Hauteur cheminée : 230 cm
Hauteur pattes : 125 cm
Hauteur corps : 40 cm
Hauteur cou : 80 cm
Hauteur totale : 1 350 cm
Nombre d'heures : 1 350 ÷ 45 = 30 heures

Au bout du boudin

Total des jours :
365 × 15 = 5 475 jours
Vacances :

4 × 7 × 15 = 420 jours
Lundi hors vacances :
48 × 15 = 720 jours
Jours travaillés :
5 475 – 420 – 720 = 4 335 jours
Longueur du boudin :
4 335 × 10 = 43 350 m = 43,35 km
Distance de Senlis :
50 – 43,35 = 6,65 km
Il serait donc proche de Senlis

◆ La longueur d'un rat

Tête : 5 cm
Corps : 10 cm
Queue : 12 cm
Total : 27 cm
Paris-Lille en cm :
216 × 100 000 = 21 600 000 cm
Combien de rats pour Paris-Lille ?
21 600 000 ÷ 27 = 800 000 rats

◆ Le vieil homme et l'enfant

Différence de taille :
162 – 96 = 66 cm
Diminution par an :
1 + 5 = 6 cm
Nombre d'années nécessaires :
66 ÷ 6 = 11 ans
L'âge de l'enfant à ce moment-là :
11 + 6 = 17 ans. Il grandit toujours !
L'âge du vieil homme :
72 + 11 = 83 ans. Il n'est pas mort !

◆ La barbe de Mozart

Nombre d'années depuis la mort de Mozart :
1993 – 1791 = 202

Depuis la mort de Victoria :
1993 – 1901 = 92
Nombre de jours pour Mozart :
202 × 365 = 73 730
Nombre de jours pour Victoria :
92 × 365 = 33 580
Longueur de la barbe de Mozart :
73 730 × 3 = 221 190 mm
Longueur de la barbe de Victoria :
33 580 × 3 = 100 740 mm
Soit en mètres :
221,19 m pour Mozart et
100,74 m pour Victoria

◆ Le pharmacien sur son échelle
Hauteur gravie par jour :
1,50 × 50 = 75 mètres
Hauteur gravie par semaine :
75 × 6 = 450 mètres
Pour atteindre l'Annapurna :
8 775 ÷ 450 = 19,5 semaines

◆ Huîtres en berlingot
Longueur de 24 huîtres :
5,5 × 24 = 132 cm, soit 1,32 mètre

◆ Les douaniers sans frontières
Longueur de frontière pour chaque médecin :
1 000 ÷ 50 = 20 kilomètres
Longueur totale des frontières inutiles :
20 × 500 = 10 000 kilomètres

◆ L'enfant abandonné
Distance par jour :
500 × 10 = 5 000 m, soit 5 km
Distance totale :
5 × 200 = 1 000 km

LA SURFACE

Quelle doit être la surface du tableau
pour que la Joconde puisse étirer les bras ?

Le mètre carré est l'unité de surface, c'est la surface d'un carré qui mesure 1 mètre de côté.

Les autres unités de surface sont :
Le décimètre carré : c'est la surface d'un carré de 1 dm de côté.
Le centimètre carré : c'est la surface d'un carré de 1 cm de côté.
À partir du cm^2, la fourmi est considérée comme grand propriétaire et doit payer un impôt foncier.
Le millimètre carré : c'est la surface d'un carré de 1 mm de côté.
Les négociations de terrains entre fourmis s'expriment en millimètres carrés.
Le kilomètre carré : c'est la surface d'un carré de 1 km de côté. Soit 1 000 000 m^2.
Le centiare vaut 1 m^2.
L'are vaut 100 m^2.
L'hectare vaut 10 000 m^2.

Quand on multiplie le côté d'un carré par 10, sa surface est multipliée par 100.
$1\ cm^2 = 100\ mm^2$,
$1\ m^2 = 100\ dm^2$.

Pour calculer :
La surface du carré, on multiplie le côté du carré par lui-même.
La surface d'un rectangle, on multiplie la largeur par la longueur.
La surface d'un triangle rectangle, on multiplie l'un par l'autre les 2 côtés de l'angle droit et on divise par 2.

Peut-on calculer la surface d'un carré d'agneau ?

Problème

Dans la même position depuis 1507, la Joconde a des crampes et souhaiterait étirer les bras.
Les dimensions du cadre : 77 cm de haut sur 53 cm de large, ne le lui permettent pas.
Quelle doit être la surface du tableau pour que la Joconde puisse étendre les bras horizontalement, sachant qu'elle a une envergure de 1,80 m ?

Comment faire ?

- Pour que la Joconde puisse étendre les bras, il faut que la largeur du tableau soit au moins égale à son envergure.
- Le tableau étant un rectangle, je calcule la surface du tableau en multipliant cette nouvelle largeur par la hauteur qui est restée la même.

Résultat : page 26. Corrigé : page 27

Problème

Une patineuse artistique a découpé dans le lac gelé un grand trou parfaitement rond dans lequel elle est tombée et s'est noyée.
Elle a mis 36 secondes à une vitesse de 15 km à l'heure pour faire le trou.
Pouvez-vous calculer la surface du trou ?

Comment faire ?

- Nous connaissons la vitesse de la patineuse et le temps qu'elle a mis à faire son trou.
- Nous pouvons donc calculer la circonférence du trou, puis le diamètre du trou, enfin la surface du trou.

Résultat : page 26. Corrigé : page 27

Problème

Une araignée qui loge en haut de la tour Eiffel (300 m) a décidé de visiter Paris.
Elle tisse depuis le haut de la tour Eiffel un fil qui rejoint le sol à 100 mètres du centre de la Tour.
Calculez la surface du triangle formé par le fil de l'araignée, le sol et l'axe vertical de la Tour.

Comment faire ?

- Nous avons affaire à un triangle rectangle.
- Les côtés de l'angle droit sont l'axe de la Tour et le sol.
- Je calcule la surface en multipliant ces 2 côtés l'un par l'autre et en divisant le résultat par 2.

Résultat : page 26. Corrigé : page 27

Problème

Le feu de camp que les scouts ont offert à la commune a brûlé 100 hectares de pins, un bois de chênes de 500 mètres sur 200 et une hêtraie de 5 000 ares.
Sachant que le terrain boisé se négocie à 5 francs le m^2 et le terrain défriché à 100 francs le m^2, calculez le bénéfice que les scouts ont fait faire aux promoteurs qui étaient propriétaires des terrains.

Comment faire ?

- Je calcule la surface de chaque terrain boisé en m^2.
- Je calcule la surface totale des terrains boisés.
- Je calcule le prix des terrains boisés.
- Je calcule le prix des terrains défrichés.
- Je calcule la différence qui correspond au bénéfice que vont faire les promoteurs.

Résultat : page 26. Corrigé : page 27

Problème

Pour le bal de la Marine, la marchande de poisson a décidé de porter une robe en peau de truite arc-en-ciel.
Pour faire la robe il faut 4 mètres de tissu en 90 cm de large et, sur chaque truite, on récupère une bande de peau de 18 cm sur 8 cm.
Combien faudra-t-il de truites pour faire la robe ?

Comment faire ?

- Je calcule d'abord la surface de tissu nécessaire pour la robe. Puis je calcule la surface de la bande de peau d'une truite.
- Je divise le premier nombre (surface de tissu) par le second (surface de la peau d'une truite) et j'obtiens le nombre de truites nécessaires à la confection de la robe.

Résultat : page 26. Corrigé : page 28

Problème

Aux jeux Olympiques de Lourdes, le paralytique a traversé la piscine dans le sens de la longueur en 1 heure 15 minutes, l'aveugle a traversé la largeur en 25 min, et le sourd, qui n'a pas entendu le signal du départ, est resté sur le bord.
La largeur de la piscine est de 25 m et l'aveugle va 2 fois plus vite que le paralytique. Quelle est la surface de la piscine de Lourdes ?

Comment faire ?

- Je calcule d'abord la vitesse de l'aveugle puis celle du paralytique.
- J'en déduis la longueur de la piscine, puis la surface en multipliant la longueur par la largeur.

Résultat : page 26. Corrigé : page 28

Problème

Un aigle en stage à Paris a loué une chambre de bonne dans le 16e arrondissement.
La chambre qui est rectangulaire et a une surface de 9,01 m^2 ne lui permet d'ouvrir les ailes complètement que dans le sens de la longueur.
Sachant que l'envergure de l'aigle est de 3,4 mètres, calculez la largeur de la chambre.

Comment faire ?

- Je sais que la surface d'un rectangle s'obtient en multipliant la longueur par la largeur.
- Je divise donc la surface par la longueur qui correspond à l'envergure de l'aigle et j'obtiens la largeur de sa chambre de bonne.

Résultat : page 26. Corrigé : page 28

Problème

Dans le cadre de la politique agricole commune de l'Europe, l'État français propose une indemnité de 10 francs l'are aux agriculteurs qui abandonnent les cultures agro-alimentaires traditionnelles pour les remplacer par d'autres.
Calculez les indemnités que va toucher un agriculteur de la Beauce qui a transformé ses 500 hectares de blé en 500 hectares de haschisch.

Comment faire ?

- Je convertis la surface en ares. Je multiplie le nombre d'ares obtenu par le montant des indemnités à l'are.

Résultat : page 26. Corrigé : page 28

Problème

Grâce à la météo interactive vous pouvez, avec votre Minitel, modifier le temps sur les départements français : ensoleiller vos amis, faire pleuvoir sur vos ennemis et prochainement déclencher des ouragans, des éruptions volcaniques et des tremblements de terre. Ce service est payant. Une tempête de neige sur le Var vous coûtera 75 287 500 francs. Sachant que la taxe forfaitaire est de 125 francs à l'hectare, calculez la surface du Var en km^2.

Comment faire ?

- Je calcule le nombre d'hectares en divisant le prix total par le prix à l'hectare.
- Je convertis les hectares en kilomètres carrés.

Résultat : page 26. Corrigé : page 29

Problème

L'éléphant a attrapé un gros rhume, il éternue et se mouche sans arrêt. Il faut lui changer son mouchoir toutes les demi-heures.
En imaginant que son rhume dure 8 jours, calculez en hectares, ares et centiares, la surface totale des mouchoirs que l'éléphant va utiliser. Un mouchoir d'éléphant est un carré de 6 mètres de côté.

Comment faire ?

- Je calcule le nombre de mouchoirs que l'éléphant va utiliser pendant la durée de son rhume, en convertissant les jours en demi-heures.
- Je calcule la surface d'un mouchoir d'éléphant.
- Je multiplie la surface d'un mouchoir par le nombre de

mouchoirs utilisés et je convertis en hectares, ares et centiares.

Résultat : page 26. Corrigé : page 29

Résultats

→ Pour que la Joconde puisse étirer les bras, il faut que le tableau fasse 1,386 m^2 de surface.

→ La surface du trou de la patineuse artistique est de 1 790,6 m^2.

→ Le fil de l'araignée, le sol et l'axe vertical de la tour Eiffel forment un triangle de 15 000 m^2 de surface.

→ Le feu de camp des scouts a fait faire un bénéfice de 152 millions de francs aux promoteurs.

→ La marchande de poisson a besoin de 250 truites pour confectionner sa robe en peau de truite.

→ La piscine de Lourdes a une surface de 937,5 m^2.

→ La largeur de la chambre de l'aigle est de 2,65 mètres.

→ L'agriculteur qui cultive du haschisch va toucher 500 000 francs de l'État.

→ Le Var a une surface de 6 023 km^2.

→ Pendant son rhume l'éléphant va utiliser 1 hectare, 38 ares et 24 centiares de mouchoirs.

Corrigés

◆ La Joconde a des crampes dans les bras

Nouvelle largeur du tableau :
1,8 m
Surface du nouveau tableau :
$1{,}8 \times 0{,}77 = 1{,}386$ m^2

◆ La patineuse fait son trou

Distance parcourue en 36 secondes :
$15\,000 \div 3\,600 \times 36 = 150$ m
Circonférence du trou :
150 m
Rayon du trou :
$150 \div 2\pi = 23{,}88$
Surface du trou :
$\pi \times 23{,}88 \times 23{,}88 = 1\,790{,}6$ m^2

◆ Une araignée en haut de la tour Eiffel

Côtés de l'angle droit :
300 m
100 m
Surface :
$300 \times 100 \div 2 = 15\,000$ m^2

◆ Feu de camp criminel

Surface du bois de pins en m^2 :
$10\,000 \times 100 = 1\,000\,000$ m^2
Surface du bois de chênes en m^2 :
$500 \times 200 = 100\,000$ m^2
Surface de la hêtraie en m^2 :
$5\,000 \times 100 = 500\,000$ m^2
Surface totale du terrain boisé :
$1\,000\,000 + 100\,000 + 500\,000 = 1\,600\,000$ m^2

Prix du terrain boisé :
1 600 000 × 5 = 8 000 000 francs
Prix du terrain défriché :
1 600 000 × 100 = 160 000 000 francs
Bénéfice :
160 000 000 – 8 000 000 = 152 000 000 francs

◆ La robe en peau de truite
Surface du tissu :
400 × 90 = 36 000 cm^2
Surface de la peau de truite :
18 × 8 = 144 cm^2
Combien de truites :
36 000 ÷ 144 = 250 truites

◆ La piscine de Lourdes
Vitesse de l'aveugle :
25 ÷ 25 = 1 m/min
Vitesse du paralytique :
1 ÷ 2 = 0,5 m/min
Temps du paralytique en minutes :
1 × 60 + 15 = 75 min
Longueur de la piscine :
75 × 0,5 = 37,5 m
Surface de la piscine :
37,5 × 25 = 937,5 m^2

◆ L'aigle en stage à Paris
Largeur de la chambre :
9,01 ÷ 3,4 = 2,65 m

◆ L'agriculteur fume son champ
Surface en ares :
500 × 100 = 50 000 ares
Indemnité totale :
50 000 × 10 = 500 000 francs

◆ Je fais neiger sur le Var

Surface du Var en hectares :
75 287 500 ÷ 125 = 602 300 hectares
Surface en km^2 :
602 300 ÷ 100 = 6 023 km^2

◆ Les mouchoirs de l'éléphant

Nombre de demi-heures en 8 jours :
24 × 8 × 2 = 384 demi-heures
Surface d'un mouchoir d'éléphant :
6 × 6 = 36 m^2
Surface totale des mouchoirs :
36 × 384 = 13 824 m^2
Soit :
1 hectare, 38 ares et 24 centiares

LE VOLUME

Une vache qui ferme les yeux donne du lait concentré.

LE VOLUME

Le calcul du volume consiste à calculer la portion d'air qu'un corps occupe dans l'espace.

On ne peut calculer que le volume du corps qui a de l'épaisseur.
Le calcul du volume de la limande est un vrai casse-tête pour le poissonnier.

L'unité principale de volume est le mètre cube (m^3).
Le m^3 est le volume d'un cube qui a 1 mètre de côté.
Il n'y a pas de mètre cube étalon en platine iridié au pavillon de Breteuil à Sèvres.

Le décimètre cube est un cube qui a 1 décimètre d'arête.
Le centimètre cube est un cube qui a 1 centimètre d'arête.
Le millimètre cube est un cube qui a 1 millimètre d'arête.
Le décamètre cube est un cube qui a 1 décamètre d'arête.
L'hectomètre cube est un cube qui a 1 hectomètre d'arête.
Le kilomètre cube est un cube qui a 1 kilomètre d'arête.
Les villes nouvelles ont le charme du décamètre cube et la poésie de l'hectomètre cube.

Lorsqu'on multiplie le côté d'un cube par 10, son volume est multiplié par 1 000.
Ainsi : 1 cm^3 vaut 1 000 mm^3
1 dm^3 vaut 1 000 cm^3
1 m^3 vaut 1 000 dm^3
Pour calculer le volume d'un parallélépipède rectangle, par exemple un cercueil, on multiplie l'une par l'autre les 3 dimensions.
Le litre vaut 1 dm^3.
Le stère est le volume d'un tas de bois de chauffage de 1 m^3.

Calculer le volume de Dieu est malaisé car Dieu est partout et occupe tout l'espace.

Problème

Recette des beignets de souris : préparer une pâte à beignets légère. Prendre la souris par la queue et la plonger dans la pâte, puis la jeter dans la friture très chaude. Il faut compter 3/4 de litre de pâte pour 20 souris.
On demande la quantité de pâte nécessaire en m³ pour faire un beignet de cheval. La surface du cheval est 200 000 fois plus grande que celle d'une souris et il faut une épaisseur de pâte 5 fois plus grande.

Comment faire ?

- Je vide le cheval, je le lave, je le mets de côté et je prépare la pâte à beignets.
- Je calcule la pâte nécessaire pour une souris, puis pour 200 000 souris et enfin pour un cheval et je transforme en m³.

Résultat : page 37. Corrigé : page 38

Problème

Un bol a été fabriqué à partir du moulage d'un sein de la reine Marie-Antoinette. Il a la dimension d'une demi-sphère de 18 cm de diamètre.
Quel serait le diamètre d'une soupière réalisée à partir du moulage d'un sein de la grosse baronne, d'un volume double du sein de Marie-Antoinette ?

Comment faire ?

- Je demande poliment à la grosse baronne la permission de faire le moulage de son sein.
- Je calcule ensuite le volume du bol.
- Je calcule enfin le volume de la soupière et j'en déduis le diamètre de la soupière.

Résultat : page 37. Corrigé : page 38

Problème

Avec les plumes d'un aigle on peut remplir un édredon de 70 dm^3, avec les plumes d'une oie un oreiller de 30 litres, et avec celles d'un canari un petit coussin de 2 cm^3.
Si on mélange les plumes de 3 aigles, de 6 oies et de 25 canaris, quel sera en dm^3 le volume de la couette obtenue ?

Comment faire ?

- Je plume d'abord les aigles, les oies et les canaris et je mélange les plumes.
- Je calcule le volume des plumes de 3 aigles puis de 6 oies puis de 25 canaris.
- Je convertis les volumes en dm^3 et je les additionne.

Résultat : page 37. Corrigé : page 38

Problème

Pour Noël un charcutier veut fabriquer l'arc de triomphe de l'Étoile grandeur nature en rillettes d'oie.
L'Arc de triomphe est un parallélépipède rectangle de 80 mètres de hauteur, 70 mètres de longueur et 40 mètres de largeur. On décomptera 45 500 m^3 pour l'arche.
Avec une oie, on fait 2,7 kg de rillettes et le poids spécifique des rillettes est de 0,9 g/cm^3.
Combien le charcutier devra-t-il utiliser d'oies pour réaliser son chef-d'œuvre ?

Comment faire ?

- Je calcule d'abord le volume de l'Arc de triomphe duquel je soustrais le volume de l'arche. Je calcule ensuite le poids de l'Arc de triomphe grandeur nature en rillettes (volume ×

poids spécifique) et je le divise par le poids de rillettes que l'on peut faire avec une oie.

Résultat : page 37. Corrigé : page 38

Problème

Le père mesure 1,80 m de haut, sur 50 cm de large et 20 cm d'épaisseur.
La mère mesure 1,60 m de haut, sur 50 cm de large et 25 cm d'épaisseur.
Le fils aîné mesure 1,75 m de haut, sur 53 cm de large et 20 cm d'épaisseur.
La fille cadette mesure 1,70 m de haut, sur 30 cm de large et 13 cm d'épaisseur.
Quel devrait être à ce jour le volume intérieur du caveau de famille ?
Vous comptez 10 cm supplémentaires sur chaque dimension pour le cercueil.

Comment faire ?

- Je calcule le volume pour chaque personne en multipliant l'une par l'autre les 3 dimensions après avoir ajouté 10 cm à chacune.
- J'additionne les 4 nombres obtenus.

Résultat : page 37. Corrigé : page 39

Problème

Un expert-comptable de Genève tire la chasse d'eau cinq fois par jour.
Chaque fois 10 litres d'eau du lac vont à l'égout.
Combien faudrait-il d'experts-comptables pour vider le lac Léman en 1 an ?

Le lac a une superficie de 582 km² et une profondeur moyenne de 9,4 mètres.

Comment faire ?

- Je calcule d'abord combien de fois un expert-comptable tire la chasse d'eau par an, et combien cela fait de litres d'eau.
- Puis je calcule le volume du lac Léman en litres. Je divise le nombre ainsi obtenu par le résultat précédent.

Résultat : page 37. Corrigé : page 39

Problème

L'employé du gaz s'est suicidé... au gaz.
Il a laissé le robinet de gaz ouvert pendant 3 heures. Le débit du gaz était de 10 dm³ par minute.
Calculez la facture que sa veuve aura à régler au Gaz de France, sachant que le gaz est vendu 10 F le m³, et que, en tant qu'agent du Gaz de France, il avait droit à un abattement de 15 %.

Comment faire ?

- Je calcule d'abord la quantité de gaz utilisée pour le suicide, en m³. Je calcule le prix sans abattement.
- Je calcule l'abattement et j'obtiens par soustraction le montant de la facture que la veuve de l'employé du gaz devra régler.

Résultat : page 37. Corrigé : page 39

Problème

Une bonne vache laitière donne par jour 40 litres de lait. Un fermier a remarqué que lorsque sa vache fermait les yeux pendant la traite, elle donnait du lait concentré. Calculez en mètres cubes la quantité de lait concentré donnée annuellement par une vache. On prendra une concentration de 5 pour 1.

Comment faire ?

- Je calcule le volume annuel de lait normal en litres.
- Je le concentre à 5 pour 1.
- Je le transforme en m^3.

Résultat : ci-dessous. Corrigé : page 40

Résultats

→ Le beignet de cheval nécessite 37,5 m^3 de pâte.
→ Le sein de la baronne fait 22,68 cm de diamètre.
→ La couette d'aigles, d'oies et de canaris a un volume de 390,05 dm^3.
→ Le charcutier a mis 59 500 000 oies dans l'Arc de triomphe.
→ Le caveau de famille fait 1,21425 m^3.
→ Il faut 299 769 860 experts-comptables genevois pour vider le lac Léman en un an.
→ La veuve de l'employé du gaz a dû régler 15,30 francs au Gaz de France.
→ La vache produit 2,92 m^3 de lait concentré par an.

Corrigés

Combien de pâte pour un beignet de cheval ?

Pour une souris il faut :
0,75 ÷ 20 = 0,0375 litre
Pour 200 000 souris cela fait :
200 000 × 0,0375 = 7 500 litres.
Donc pour un cheval :
7 500 × 5 = 37 500 litres
ou 37 500 ÷ 1000 = 37,5 m^3

Le diamètre du sein de la baronne

4/3 × 3,14 × 9 × 9 × 9 = 3 052,08 cm^3
Volume de la soupière La baronne :
3 052,08 × 2 = 6 104,16 cm^3
Soit pour le cube du rayon :
6 104,16 ÷ 4/3 π = 1 458
Donc un rayon de :
Racine cubique de 1 458 = 11,34 cm et un diamètre de :
11,34 × 2 = 22,68 cm

Ma couette en plumes

3 aigles font :
70 × 3 = 210 dm^3
6 oies font :
6 × 30 = 180 litres = 180 dm^3
25 canaris font :
25 × 2 = 50 cm^3 = 0,050 dm^3
Soit au total :
390,05 dm^3

Combien d'oies dans l'Arc de triomphe ?

Volume de l'Arc :
80 × 70 × 40 = 224 000 m^3

Soit en enlevant l'arche :
$224\,000 - 45\,500 = 178\,500\ m^3$
Poids de l'Arc en rillettes :
$178\,500 \times 0{,}9 = 160\,650\ t$
($1\ g/cm^3 = 1\ t/m^3$)
Poids de rillettes par oie en t :
$2{,}7 \div 1\,000 = 0{,}0027\ t$

Nombre d'oies nécessaires :
$160\,650 \div 0{,}0027 = 59\,500\,000$ oies

◆ Volume du caveau de famille

Le père :
$1{,}9 \times 0{,}6 \times 0{,}3 = 0{,}342\ m^3$
La mère :
$1{,}7 \times 0{,}6 \times 0{,}35 = 0{,}357\ m^3$
Le fils :
$1{,}85 \times 0{,}63 \times 0{,}30 = 0{,}34965\ m^3$
La fille :
$1{,}80 \times 0{,}40 \times 0{,}23 = 0{,}1656\ m^3$
Soit au total :
$1{,}21425\ m^3$

◆ Les experts-comptables genevois

L'expert-comptable tire la chasse :
$5 \times 365 = 1\,825$ fois par an
Cela fait : $1\,825 \times 10 =$
18 250 litres par an ou $18{,}25\ m^3$
Le lac a un volume de :
$582\,000\,000 \times 9{,}4 = 5\,470\,800\,000\ m^3$
Cela fait $5\,470\,800\,000 \div 18{,}25 =$
299 769 860 experts-comptables

◆ Le suicide de l'employé du gaz

Quantité de gaz utilisée :
$3 \times 60 \times 10 = 1\,800\ dm^3$
Soit en mètres cubes :

1 800 ÷ 1 000 = 1,8 m^3
Ce qui revient à :
1,8 × 10 = 18 francs
Avec un abattement de :
18 × 15/100 = 2,70 francs
Donc une facture finale de :
18 – 2,70 = 15,30 francs

◆ La vache se concentre
Le volume annuel est de :
365 × 40 = 14 600 litres
Soit après concentration :
14 600 ÷ 5 = 2 920 litres
donc en m^3 :
2 920 ÷ 1 000 = 2,92 m^3

LE POIDS

Quel est le poids de vrai Bulgare
dans un yaourt au goût bulgare ?

LE POIDS

Le poids d'un corps est la force de l'action de la pesanteur qui l'attire vers le sol.

Si vous jetez le corps d'une vache par la fenêtre, c'est son poids qui la fera s'écraser au sol, comme une bouse.
Le poids d'un corps varie légèrement lorsqu'on le déplace à la surface du globe.
En Somalie un enfant pèse légèrement moins qu'un enfant en Suisse, mais c'est pour d'autres raisons.
Deux corps de même poids équilibrent les deux plateaux d'une balance.
Deux vaches de même poids, à chaque bout d'une balançoire, s'ennuient.

L'unité de poids est le kilogramme.
Le kilogramme est le poids de l'étalon international en platine iridié qui est exposé au pavillon de Breteuil à Sèvres.
Plus près de chez vous, un kilogramme de sucre est exposé chez l'épicier du coin.
Un kilogramme représente le poids d'un décimètre cube d'eau propre.

Les multiples du kilogramme sont plus lourds que lui.
La tonne (t) pèse 1 000 kg.
Le quintal (q) pèse 100 kg

REMARQUE
Une grosse vache qui pèse 1 000 kg préfère dire, par coquetterie, qu'elle pèse une tonne.

Les sous-multiples sont eux beaucoup plus légers.
Le plus courant est le gramme (un millième de kilogramme) qui sert pour peser les mouches.
L'hectogramme (hg) pèse 100 g ou 0,1 kg.
Le décagramme (dag) pèse 10 g ou 0,01 kg.
Le gramme (g) pèse 1 g ou 0,001 kg.
Le décigramme (dg) pèse 0,1 g.

Le centigramme (cg) pèse 0,01 g.
Le milligramme (mg) pèse 0,001 g.

La « mouche des fées » de la famille du Mymaridee pèse 0,05 milligramme, elle ne sort jamais quand il fait du vent.

Problème

Calculez en kilogrammes, le poids du cerveau d'un imbécile.
Nous savons qu'il est composé de : 520 g de certitude, 200 g de vulgarité, 430 g d'autosatisfaction et 250 g de substances organiques diverses (excipient).

Comment faire ?

- Je calcule d'abord en grammes le poids du cerveau de l'imbécile (en additionnant le poids des différentes composantes) puis je le transforme en kilogrammes.

Résultat : page 46. Corrigé : page 47

Problème

L'hippopotame a refusé de se déshabiller pour se peser. La balance a affiché : 3 tonnes, 4 quintaux, 53 kilogrammes et 210 grammes.
Son blouson de cuir pèse un quintal et 85 kg, son jean 66,4 kg, ses santiags 0,1375 tonne, son petit linge 25,32 kg et son walkman 612 g.
Quel est le poids réel de l'hippopotame ?

Comment faire ?

- Je calcule d'abord le poids des vêtements et accessoires de l'hippopotame en additionnant les poids, préalable-

ment convertis en grammes (par exemple), de chacun des éléments.
- Je soustrais le total obtenu du poids affiché sur la balance, lui-même converti dans la même unité.

Résultat : page 46. Corrigé : page 47

Problème

Le yaourt « au vrai goût bulgare » est fabriqué avec de véritables Bulgares que l'on dissout dans le lait.
Il faut compter un Bulgare de 70 kg environ pour une tonne de yaourt.
Un pot de yaourt pèse en moyenne 125 g.
Calculez en grammes la quantité de véritable Bulgare contenu dans un pot de yaourt « au vrai goût bulgare ».

Comment faire ?

- J'effectue une règle de trois.
- Si dans une tonne de yaourt, soit 1 000 kg, il y a 70 kg de véritable Bulgare, dans 1 kg, il y en a 1 000 fois moins et dans 0,125 kg, 0,125 fois plus.

Résultat : page 46. Corrigé : page 47

Problème

Quand elle mange un chou à la crème, ma maman grossit de 100 grammes.
Sachant qu'elle pèse 60 kg, combien ma maman doit-elle manger de choux à la crème pour peser 1 quintal ?

Comment faire ?

- Je calcule d'abord de combien ma maman doit grossir (1 quintal moins 60 kilogrammes) puis combien de fois 100 g sont contenus dans cette quantité.

Résultat : page 46. Corrigé : page 48

Problème

L'ambassadeur indien loge 7 éléphants au 6e étage de l'ambassade.
Le cornac sort les éléphants une fois par jour.
Combien de voyages doit-il effectuer pour descendre les éléphants sachant que la charge limite de l'ascenseur est de 800 kilos et que chaque éléphant pèse 5 quintaux (on négligera le poids du cornac indien : 500 grammes) ?

Comment faire ?

- Convertir le poids des éléphants en kilogrammes et diviser la charge limite de l'ascenseur par ce poids. Le nombre obtenu doit être un nombre entier.
- L'ambassadeur ne supporterait pas qu'on découpe les éléphants.

Résultat : page 46. Corrigé : page 48

Problème

Miss Aveyron pèse 52 kg.
Miss Lozère pèse 480 hectogrammes.
Miss Seine-et-Marne pèse 4 900 décagrammes.
Miss Côte d'Azur pèse 51 000 grammes.
Miss Pas-de-Calais pèse un demi-quintal.
Quel est, en grammes, le poids moyen d'une Miss moyenne ?

Comment faire ?

- Je convertis les poids de toutes les Miss en grammes.
- Je les additionne.
- Je divise ce total par le nombre de Miss.

Résultat : page 46. Corrigé : page 48

Résultats

→ Le cerveau de l'imbécile pèse 1,4 kg.
→ L'hippopotame pèse 3 038,378 kg.
→ Il y a 8,75 g de Bulgare dans un yaourt « au vrai goût bulgare ».
→ Pour peser un quintal ma maman doit manger 400 choux à la crème.
→ Il faudra 7 voyages d'ascenseur pour sortir les éléphants.
→ Une Miss moyenne pèse 50 000 grammes.

Corrigés

◆ Poids du cerveau de l'imbécile

520 g de certitude
+ 200 g de vulgarité
+ 430 g d'autosatisfaction
+ 250 g d'excipient
= 1400 g
1 400 g ÷ 1 000 = 1,4 kg

◆ Poids réel de l'hippopotame

Poids des vêtements :

Blouson		185 000 g
Jean	+	66 400 g
Santiags	+	137 500 g
Petit linge	+	25 320 g
Walkman	+	612 g
	=	414 832 g

Poids en kilogrammes de l'hippopotame habillé :

3 tonnes		3 000 000 g
4 quintaux	+	400 000 g
53 kg et 210 g	+	53 210 g
	=	3 453 210 g
Poids des vêtements	–	414 832 g
L'hippopotame nu pèse	=	3 038 378 g
En kg ÷ 1 000	=	3 038,378 kg

◆ Quantité de Bulgare dans un pot de 125 g de yaourt « au vrai goût bulgare »

Dans 1 kg de yaourt il y a :
70 ÷ 1 000 = 0,07 kg,
soit 70 g
Dans 0,125 kg de yaourt, il y a donc :
70 × 0,125 = 8,75 g de vrai Bulgare

LE POIDS

◆ Ma maman pèse un quintal

Pour peser 1 quintal, soit 100 kg, elle doit grossir de :
100 – 60 = 40 kg
Chaque chou la fait grossir de 100 g
Pour grossir de 40 kg, soit 40 000 grammes, elle doit manger :
40 000 ÷ 100 = 400 choux

◆ Les éléphants sont dans l'ascenseur

Poids d'un éléphant en kilogrammes :
5 × 100 = 500 kg
Nombre d'éléphants autorisés par voyage :
800 ÷ 500 = 1,6
Donc 1 seul éléphant par voyage (pas de découpe).
7 voyages seront nécessaires

◆ Le poids moyen d'une Miss moyenne

Miss Aveyron = 52 000 g
Miss Lozère = 48 000 g
Miss Seine-et-Marne = 49 000 g
Miss Côte d'Azur = 51 000 g
Miss Pas-de-Calais = 50 000 g
Total des Miss = 250 000 g
Il y a 5 Miss
Miss moyenne :
250 000 g ÷ 5 = 50 000 g

LE POIDS SPÉCIFIQUE

Le poids spécifique du confit d'aigle est de 1,4 g/cm³.

Le poids spécifique d'un corps est le poids d'une unité de volume de ce corps.

Il est exprimé :
Pour les mouches : en g/cm^3, c'est-à-dire le nombre de grammes par cm^3.
Pour les Miss France : en kg/dm^3, c'est-à-dire le nombre de kilogrammes par dm^3.
Pour les éléphants : en t/m^3, c'est-à-dire le nombre de tonnes par m^3.

Pour calculer le poids spécifique d'un corps, on divise son poids par son volume.
Inversement, on multiplie son volume par son poids spécifique pour obtenir son poids.

Quel est le poids spécifique de votre âme ?

Problème

Un rouleau compresseur a écrasé, par erreur, mon petit frère. Il est aplati sur la route comme une crêpe de 1,12 m de diamètre.
Mon petit frère pesait 37 kg et avait un poids spécifique de 0,94 t/m^3.
Calculez l'épaisseur de la crêpe.
(On admettra que son volume est égal à sa surface multipliée par son épaisseur.)

Comment faire ?

- Je calcule d'abord le volume de la crêpe (poids divisé par le poids spécifique).
- Je calcule ensuite la surface de la crêpe.
- Je divise le volume par la surface et j'obtiens l'épaisseur de la crêpe.

Résultat : page 53. Corrigé : page 54

Problème

Une boîte de confit d'aigle contient une aile et deux cuisses d'aigle, pour un poids total (graisse d'aigle comprise) de 7 kg.
Calculez le volume intérieur de la boîte (on appelle également ce volume capacité).
Le poids spécifique du confit d'aigle est de 1,4 g/cm^3.

Comment faire ?

- Il suffit de diviser le poids du confit d'aigle par le poids spécifique pour obtenir le volume.

Résultat : page 53. Corrigé : page 54

Problème

Une ménagère a congelé par erreur son bébé de 4,2 kg.
Calculez le poids spécifique du bébé congelé qui occupe maintenant un volume de 5 000 cm^3 dans le congélateur.

Comment faire ?

- Il suffit que je divise le poids du bébé par son volume.
- Mais il faut prendre garde aux unités !

Résultat : page 53. Corrigé : page 54

Problème

Le poisson obèse est trop lourd. Il ne flotte pas et se retrouve toujours au fond.
Si son poids spécifique est de 1,05 g/cm^3 et qu'il pèse 5,25 kg, de combien de kg ce poisson doit-il maigrir (sans changer de volume) pour flotter normalement ?

Comment faire ?

- Rappelons-nous que pour flotter dans un liquide, il faut avoir un poids spécifique inférieur ou égal à celui du liquide en question et que le poids spécifique de l'eau est de 1 g/cm^3.
- Je calcule d'abord le volume du poisson en divisant son poids par son poids spécifique.
- Je calcule ensuite le poids que le poisson devrait peser (au maximum) pour flotter normalement (c'est son volume multiplié par le poids spécifique de l'eau). Je soustrais enfin ce poids du poids actuel du poisson.

Résultat : page 53. Corrigé : page 54

Problème

Un bloc de marbre de 10 tonnes a un volume de 3,5 m^3. Calculez, en kilogrammes, le poids de la pierre tombale de votre maman, sachant qu'elle est en marbre (la pierre) et que c'est un parallélépipède rectangle de 2,5 m de long, 0,9 m de large et 35 cm de haut.

Comment faire ?

- Je calcule d'abord le volume de la pierre tombale de ma mère en multipliant l'une par l'autre les 3 dimensions (attention aux unités).
- Je calcule le poids spécifique du marbre.
- Je multiplie enfin le volume de la pierre tombale de ma mère par le poids spécifique du marbre.

Résultat : page 53. Corrigé : page 55

Problème

À la suite d'un tremblement de terre à Lourdes, la statue de la Vierge est tombée de sa grotte.
C'est un miracle s'il n'y a pas eu de blessé. Mais quel est donc le poids spécifique de la Vierge de Lourdes ?
La statue pèse 2,55 tonnes et a un volume de 0,850 m^3.

Comment faire ?

- Je divise le poids de la Sainte Vierge de Lourdes par son volume.

Résultat : ci-dessous. Corrigé : page 55

Résultats

→ Mon petit frère écrasé a une épaisseur de 4 cm.
→ La boîte de confit d'aigle a une capacité de 5 litres.
→ Le poids spécifique du bébé congelé est de 0,84 kg/dm^3.
→ S'il veut flotter le poisson obèse doit perdre 0,25 kg.
→ La pierre tombale de ma maman pèse 2 250 kg.
→ La Vierge de Lourdes a un poids spécifique de 3 t/m^3.

Corrigés

L'épaisseur de mon petit frère écrasé

Le volume de la crêpe est :
$37 \div 0{,}94 = 39{,}36\ dm^3$
($1\ t/m^3 = 1\ kg/dm^3$)
La surface de la crêpe est :
$(1{,}12)^2 \times \pi/4 = 0{,}985\ m^2$
Soit en dm^2 :
$0{,}985 \times 100 = 98{,}5\ dm^2$
L'épaisseur de la crêpe est :
$39{,}36 \div 98{,}5 = 0{,}3996\ dm$
soit approximativement :
4 cm

Le volume de la boîte de confit d'aigle

Le poids du confit est :
7 kg
Le poids spécifique est de :
$1{,}4\ g/cm^3 = 1{,}4\ kg/\ dm^3$
Le volume est donc :
$7/1{,}4 = 5\ dm^3 = 5$ litres

Le poids spécifique du bébé congelé

Le poids est :
4,2 kg
Le volume :
5 000 cm^3 soit 5 dm^3
Le poids spécifique est donc :
$4{,}2/5 = 0{,}84\ kg/dm^3$

Le poisson trop lourd ne flotte pas

Le volume du poisson est :
$5{,}25 \div 1{,}05 = 5\ dm^3$

($1{,}05\ g/cm^3 = 1{,}05\ kg/\ dm^3$)
Pour flotter il doit peser au maximum :
$5 \times 1 = 5$ kg
Il doit donc maigrir de :
$5{,}25 - 5 = 0{,}25$ kg

◆ La pierre tombale de maman
Volume de la pierre tombale :
$2{,}5 \times 0{,}9 \times 0{,}35 = 0{,}7875\ m^3$
Poids spécifique du marbre :
$10 \div 3{,}5 = 2{,}857\ t/m^3$
Poids de la pierre tombale :
$0{,}7875 \times 2{,}857 = 2{,}25$ t = 2 250 kg

◆ Le poids spécifique de la Vierge de Lourdes
Poids spécifique :
$2{,}55 \div 0{,}85 = 3\ t/m^3$

LE CERCLE ET LA SPHÈRE

Une limace fait le tour d'un chou...

LE CERCLE

Un cercle est une courbe plane dont tous les points sont situés à la même distance d'un point fixe que l'on appelle centre.

Un cercle d'amis est un très petit cercle.
La distance d'un point du cercle au centre est appelée rayon (R).
Le diamètre (d) est égal à 2 rayons.
La longueur d'un cercle est appelée circonférence.
La circonférence d'un cercle est égale à :
$2\pi R$ ou πd
Sa surface est égale à :
πR^2 ou $\dfrac{\pi d^2}{4}$

La sphère est une surface dont tous les points sont situés à la même distance d'un point fixe appelé centre.
Le volume de la sphère est $\dfrac{4}{3}\pi R^3$
La surface de la sphère est $4\pi R^2$

REMARQUE
$\pi = 3,14$

et quand on veut faire le malin 3,1415926...
Peut-on calculer le diamètre d'un cube ?

Problème

Le congrès annuel des bossus a réuni 5 000 bossus, soit 5 000 bosses.
Quel est, en m^3, le volume total des bosses réunies au congrès ?
La bosse de base peut être considérée comme une demi-sphère de 18 cm de diamètre.

Comment faire ?

- Je calcule d'abord le volume d'une bosse avec la formule $\frac{4}{3}\pi R^3$ que je divise par 2 puisque la bosse est une demi-sphère.
- Ensuite je multiplie par le nombre de bossus, soit 5 000.

Résultat : page 63. Corrigé : page 64

Problème

Un poisson rouge a la pépie, il boit 10 centilitres par jour de l'eau de son bocal.
Le bocal est sphérique, à moitié plein, et a un diamètre de 30 centimètres.
En combien de jours aura-t-il vidé son bocal ? (Nous tairons par pudeur le pipi du poisson.)

Comment faire ?

- Je calcule d'abord en cm^3 le volume d'eau que le poisson doit boire pour vider son bocal, c'est le volume du bocal ($\frac{4}{3}\pi R^3$) divisé par 2, puisque le bocal est à moitié plein.

Je transforme les centilitres en cm^3 et je divise le volume à

- boire par la quantité bue chaque jour.

Résultat : page 63. Corrigé : page 64

Problème

Le mollet du poilu a 13 cm de diamètre et une longueur de 40 cm (on considère le mollet du poilu comme un cylindre).
Le poilu fait 30 tours autour de son mollet avec sa bande molletière.
On demande la longueur en mètres de la bande molletière

du poilu. (On négligera la longueur supplémentaire due au décalage en hauteur à chaque tour.)

Comment faire ?

- Je calcule la circonférence du mollet du poilu avec la formule 2 π R. Je multiplie le nombre obtenu par 30, puis je convertis en mètres.

Résultat : page 63. Corrigé : page 64

Problème

Je mange un œuf d'autruche à la coque.
Mon œuf est absolument sphérique et a une circonférence de 43 cm dans sa plus grande dimension.
Quelle doit être la longueur de la mouillette si je veux atteindre le fond de l'œuf d'autruche, sachant qu'il faut 3 centimètres pour pouvoir la tenir ?

Comment faire ?

- Je calcule le diamètre de l'œuf en divisant la circonférence par 3,14 et j'ajoute les 3 centimètres nécessaires pour tenir la mouillette.

Résultat : page 63. Corrigé : page 65

Problème

Une limace fait le tour d'un chou dans sa plus grande largeur en 10 heures, elle parcourt 6 cm par heure.
On demande de calculer le diamètre du chou.

Comment faire ?

- Je calcule d'abord la distance parcourue par la limace en 10 heures.

- Cette distance est égale à la circonférence du chou et vaut donc $2\pi R$.
- J'en déduis le diamètre du chou (2R).

Résultat : page 63. Corrigé : page 65

Problème

Au début de la télévision, les écrans mesuraient 30 centimètres en diagonale et le journaliste en gros plan avait une tête de 20 centimètres de diamètre. Depuis les écrans ont grandi et les têtes ont grossi en proportion.
Calculez la circonférence de la grosse tête du journaliste dans un écran de 70 cm de diagonale.

Comment faire ?

- Je vais d'abord calculer le diamètre par une règle de 3, puis j'en déduirai la circonférence.
- Je calcule le diamètre de la tête du journaliste dans un écran de 1 cm.
- Puis je multiplie par 70 pour avoir le diamètre dans un écran de 70 cm.
- Je calcule enfin la circonférence (π d).

Résultat : page 63. Corrigé : page 65

Problème

Chaque jeudi les 40 académiciens font la ronde.
Sachant qu'un académicien a le bras long et que son envergure moyenne est de 1,7 m, calculez le diamètre et la circonférence de la ronde.

Comment faire ?

- Je calcule la circonférence de la ronde qui est égale à 40 fois l'envergure d'un académicien.
- Je calcule le diamètre de la ronde en divisant la circonférence par π.

Résultat : page 63. Corrigé : page 65

Problème

Si la lune était un sorbet au citron et si elle fondait sous l'action du soleil, quel devrait être le volume intérieur de la coupe pour contenir la lune fondue ?
Le rayon de la lune mesure 1 740 km.

Comment faire ?

- Je dois calculer le volume de la lune avec la formule $\frac{4}{3} \pi R^3$.

Résultat : page 63. Corrigé : page 65

Problème

Le nouveau stade est circulaire.
Sa grande originalité est de ne pas avoir de terrain de sport au centre et d'être uniquement constitué de cercles concentriques de gradins.
Les supporters peuvent venir 24 heures sur 24 agiter des drapeaux, jeter des canettes de bière et s'entre-tuer.
Calculez la surface du stade, sachant que sa circonférence est de 628 mètres.

Comment faire ?

- Je calcule d'abord le rayon du stade en me servant de la formule : circonférence = $2 \pi R$.
- Puis je calcule la surface avec la formule : surface = πR^2.

Résultat : ci-dessous. *Corrigé : page 65*

Résultats

→ Les bosses des bossus ont un volume total de 7,63 m^3.

→ Le poisson boira son bocal en 70,65 jours.

→ La longueur de la bande molletière du poilu est de 12,246 mètres.

→ La mouillette doit mesurer 16,69 cm.

→ Le diamètre du chou est de 19,1 cm.

→ La grosse tête du journaliste a une circonférence de 146,6 cm.

→ La ronde des académiciens fait 68 m de circonférence et 21,66 m de diamètre.

→ La coupe qui contient la lune fondue a un volume intérieur de 22 055 460 000 km^3.

→ La surface du stade sans terrain de sport est de 31 400 m^2.

Corrigés

Le volume des bosses des bossus

Le rayon d'une bosse est :

18 ÷ 2 = 9 cm

Le volume d'une bosse est :

1/2 × 9 × 9 × 9 × 4 × 3,14 × 1/3 =

1 526,04 cm^3

Le volume total est :

5 000 × 1 526,04 = 7 630 200 cm^3

Soit en m^3 :

7 630 200 ÷ 1 000 000 = 7,63 m^3

Le poisson boit l'eau de son bocal

Le rayon du bocal est :

30 ÷ 2 = 15 cm

Le volume du bocal est :

(15 × 15 × 15 × 4 × 3,14) ÷ 3 = 14 130 cm^3

Le volume d'eau à boire est :

14 130 ÷ 2 = 7 065 cm^3

En une journée le poisson boit :

10 × 10 = 100 cm^3

Pour vider le bocal il faut :

7 065 ÷ 100 = 70,65 jours

La longueur de la bande molletière du poilu

Le tour de mollet mesure :

3,14 × 13 = 40,82 cm

Pour faire 30 tours, il faut :

40,82 × 30 = 1 224,6 cm, soit

1 224,6 ÷ 100 = 12,246 mètres

◆ **La longueur de la mouillette**
Le diamètre de l'œuf est :
43 ÷ 3,14 = 13,69 cm
La mouillette doit mesurer :
13,69 + 3 = 16,69 cm

◆ **Le diamètre du chou**
La distance parcourue en 10 heures est :
6 × 10 = 60 cm
Le diamètre est donc :
60 ÷ 3,14 = 19,1 cm

◆ **La circonférence de la grosse tête du journaliste**
Le diamètre sur un écran de 1 cm est :
20 ÷ 30 = 0,667 cm
Le diamètre sur un écran de 70 cm est :
0,667 × 70 = 46,7 cm
La circonférence est donc :
46,7 × 3,14 = 146,638 cm

◆ **Le diamètre et la circonférence de la ronde des académiciens**
La circonférence est :
40 × 1,7 = 68 mètres
Le diamètre est :
68 ÷ 3,14 = 21,66 mètres

◆ **Le volume de la coupe pour recueillir la lune fondue**
Volume de la lune :
4/3 × 3,14 × 1 740 × 1 740 × 1 740 =
22 055 460 000 km^3

◆ **La surface du stade des supporters**
La rayon du stade est :
628 ÷ 2 π = 100 mètres
La surface est donc :
π × 100 × 100 = 31 400 m^2

LA RÈGLE DE TROIS

Quel est le poids de la batterie ?

LA RÈGLE

On dit que deux grandeurs sont proportionnelles quand la division de l'une par l'autre est constante.

Racisme et égoïsme sont deux grandeurs proportionnelles.
Pour calculer des grandeurs proportionnelles on utilise la règle de 3, qui est une double opération (division, puis multiplication).
Ne pas confondre la règle de 3 avec la règle des 3 unités (lieu, temps, action) qui rend les pièces de Corneille et de Racine si drôles.

Problème

Une Bretonne met une demi-heure pour plumer une mouette.
Combien de temps mettront 3 Bretonnes pour plumer 1 ange ?
La mouette a une surface de 400 cm^2 tandis que l'ange a une surface de 1,8 m^2.

Comment faire ?

- Je fais d'abord une règle de trois.
- Je calcule le temps qu'il faut pour plumer 1 cm^2 puis je multiplie par la surface de l'ange en cm^2, j'obtiens ainsi le temps que met 1 Bretonne pour plumer 1 ange.
- Puis je divise par 3, parce qu'il y a 3 Bretonnes pour plumer l'ange.

Résultat : page 72. Corrigé : page 73

Problème

Un gros roman qui tire à 8 000 exemplaires consomme 10 gros arbres de 8 mètres pour la pâte à papier.

La forêt de Compiègne compte 5 800 000 gros arbres et Paul-Loup écrit tous les 2 ans un gros roman qui tire à 500 000 exemplaires.
Au bout de combien de temps Paul-Loup aura-t-il décimé la forêt de Compiègne ?

Comment faire ?

- Je calcule d'abord le nombre d'arbres consommés par un gros roman de Paul-Loup qui tire à 500 000 exemplaires (règle de trois).
- Je calcule ensuite le nombre d'arbres par année puis le nombre d'années pour la forêt entière.

Résultat : page 72. Corrigé : page 73

Problème

Une maman kangourou part faire ses courses avec ses enfants dans sa poche.
Au bout de 40 minutes, il reste 3 enfants dans sa poche, 20 minutes plus tard elle perd le dernier enfant et s'aperçoit alors que sa poche est trouée.
Calculez combien la maman kangourou avait d'enfants dans sa poche en partant de chez elle.

Comment faire ?

- Le dernier enfant est perdu 1 heure après le départ (40 minutes puis 20 minutes).
- Je calcule le nombre d'enfants perdus en 1 minute puis le nombre d'enfants perdus en une heure.

Résultat : page 72. Corrigé : page 73

Problème

Un téléfilm qui compte 4 morts violentes fait en moyenne 10 points audimat.
Combien de morts violentes seraient nécessaires pour obtenir 65 points audimat ?

Comment faire ?

- Je calcule d'abord le nombre de morts violentes nécessaires pour obtenir 1 point audimat.
- Je multiplie le résultat par 65.

Résultat : page 72. Corrigé : page 73

Problème

Le sel contenu dans l'eau de mer serait dû à la sueur des harengs, petits poissons remuants qui transpirent beaucoup.
Si un hectolitre d'eau de mer qui contient 500 harengs a une salinité de 8 %, combien faut-il de harengs par mètre cube pour obtenir une salinité de 12 % ?

Comment faire ?

- Je calcule le nombre de harengs à l'hectolitre pour 1 % de salinité, puis pour 12 %.
- Je calcule ensuite le nombre de harengs par m^3.

Résultat : page 72. Corrigé : page 74

Problème

Un cerf qui circule beaucoup la nuit et traverse des routes nationales très fréquentées a décidé, pour éviter les accidents, d'électrifier ses bois.
Il a mis une ampoule de 20 watts à chacun de ses 12 andouillers.
Quel est le poids de la batterie que le cerf devra porter en bandoulière ?
La batterie pèse 1,5 kg pour 24 watts. Son poids est proportionnel au nombre de watts.

Comment faire ?

- Une règle de trois.
- Nombre de kg pour 1 watt.
- Nombre de kg pour 20 watts.
- Nombre de kg pour 12 × 20 watts.

Résultat : page 72. Corrigé : page 74

Problème

Un poisson rouge tourne toute la journée dans son bocal.
En une semaine il fait 14 000 tours de 80 cm chacun.
Au bout de combien de jours aura-t-il parcouru une distance égale à la traversée de la Manche (30 km), à la traversée de l'Atlantique (6 500 km) ?

Comment faire ?

- Je calcule la distance parcourue par semaine de 7 jours.
- Je calcule le nombre de jours nécessaires au poisson pour faire 1 km, pour faire 30 km et pour faire 6 500 km.

Résultat : page 72. Corrigé : page 74

Problème

Deux bœufs ont décidé de faire le tour de la Normandie à tandem.
Ils font 12 km à l'heure en moyenne et le voyage dure 26 jours.
Combien aurait duré le voyage si les bœufs avaient fait 13 km à l'heure ?

Comment faire ?

- Je calcule le temps que les bœufs auraient mis à 1 km à l'heure, puis le temps mis à 13 km à l'heure.

Résultat : ci-dessous. Corrigé : page 74

Résultats

→ Les 3 Bretonnes ont mis 7,5 heures pour plumer 1 ange.
→ Il faudrait 18 560 ans à Paul-Loup pour faire disparaître la forêt de Compiègne. (Il peut continuer à écrire.)
→ La maman kangourou avait 9 bébés en poche.
→ Il faut 26 morts violentes pour faire 65 points d'audimat.
→ Il y a 7 500 harengs dans un mètre cube d'eau de mer salée à 12 %.
→ Le cerf devra porter en bandoulière une batterie de 15 kg.
→ Le poisson rouge met 18,75 jours pour traverser la Manche et 4 062,5 jours pour traverser l'Atlantique.
→ À 13 km à l'heure, les bœufs mettent 24 jours pour faire le tour de la Normandie.

Corrigés

Plumons un ange

Temps pour plumer 1 cm^2 :
30 ÷ 400 = 0,075 min
Surface de l'ange :
1,8 × 10 000 = 18 000 cm^2
Temps pour plumer l'ange :
18 000 × 0,075 = 1 350 min
Soit :
1 350 ÷ 60 = 22,5 heures
Pour 3 Bretonnes :
22,5 ÷ 3 = 7,5 heures

La forêt menacée par Paul-Loup

Nombre d'arbres par exemplaire :
10 ÷ 8 000 = 0,00125 arbre
Nombre d'arbres pour 500 000 exemplaires :
0,00125 × 500 000 = 625 arbres
Nombre d'arbres par année :
625 ÷ 2 = 312,5 arbres
Nombre d'années pour la forêt :
5 800 000 ÷ 312,5 = 18 560 ans

La poche trouée du kangourou

Bébés perdus en 1 minute :
3 ÷ 20 = 0,15 bébé
Bébés perdus en 1 heure :
0,15 × 60 = 9 bébés

L'audimat qui tue

Nombre de morts pour 1 point :
4 ÷ 10 = 0,4 mort

Nombre de morts pour 65 points :
0,4 × 65 = 26 morts

◆ Les harengs en sueur

Nombre de harengs pour 1 % :
500 ÷ 8 = 62,5 harengs
Nombre de harengs pour 12 % :
12 × 62,5 = 750 harengs
Nombre de harengs au m^3 :
750 × 10 = 7 500 harengs
Remarque : 1 m^3 = 10 hectolitres

◆ Le cerf électrifié

Poids d'une batterie pour 1 watt :
1,5 ÷ 24 = 0,0625 kg
Poids d'une batterie pour 20 watts :
0,0625 × 20 = 1,25 kg
Poids d'une batterie pour 12 x 20 watts :
12 x 1,25 = 15 kg

◆ Le poisson rouge a le tournis

Distance hebdomadaire parcourue par le poisson :
14 000 x 80 = 1 120 000 cm
en km :
1 120 000 ÷ 100 000 = 11,2 km
Soit pour faire 1 km :
7 ÷ 11,2 = 0,625 jour
Soit pour faire 30 km :
0,625 x 30 = 18,75 jours
Soit pour faire 6 500 km :
0,625 × 6 500 = 4 062,5 jours

◆ Les bœufs à tandem

À 1 km/heure :
26 × 12 = 312 jours
À 13 km/heure :
312 ÷ 13 = 24 jours

LES FRACTIONS

Calculez le poids du paon après qu'il a vomi son couscous.

LES FRACTIONS

Une fraction est un être mathématique composé de deux nombres séparés par une barre fixe comme deux acrobates.

L'acrobate qui est debout sur la barre s'appelle le numérateur, l'acrobate qui est accroché sous la barre s'appelle le dénominateur.

Une fraction s'applique toujours à une grandeur dont elle représente une partie.
Un quart de vin représente une partie d'un litre de vin ; les personnes ignorantes des fractions commandent un litre entier, elles sombrent vite dans l'alcoolisme.

Une fraction d'une grandeur signifie que l'on a divisé cette grandeur en autant de parts que le dénominateur et qu'on en prend autant que le numérateur.
Si la grandeur est une tarte aux fruits, le dénominateur est le nombre de parts faites dans la tarte, le numérateur le nombre de parts qu'on a prises.

Problème

Un garagiste a acheté Notre-Dame de Paris pour en faire un parking à étages. Il consacre le chœur à une station-service, il reste la nef principale et le transept pour les voitures.
Une voiture occupe 1/50 de la hauteur de la cathédrale, 1/60 de sa longueur, 1/30 de sa largeur et il faut compter 1/10 de son volume total pour la circulation.
Combien le garagiste peut-il garer de véhicules dans Notre-Dame ?

Comment faire ?

- Je calcule d'abord le nombre de voitures qu'on peut garer dans Notre-Dame (sans retenue pour la circulation).

- Il y a 50 couches de 30 files de 60 voitures.
- J'enlève ensuite 10 % de ce total.

Résultat : page 81. Corrigé : page 82

Problème

Le vétérinaire légiste qui a pratiqué l'autopsie de la biche a écarté l'hypothèse du suicide. Il s'agissait d'un crime et 80 chasseurs sont actuellement entendus. 1/4 des chasseurs a un alibi irréfutable, le 1/3 du reste est relâché après un interrogatoire.
On demande quelle fraction du reste des chasseurs il faut relâcher après un deuxième interrogatoire pour ne conserver que deux suspects.

Comment faire ?

- Je calcule le nombre de chasseurs ayant un alibi. Il reste... chasseurs qui subissent un interrogatoire.
- Je calcule le nombre d'innocents après cet interrogatoire (1/3), il en reste donc...
- Si on en garde deux, on doit en relâcher..., soit.../...

Résultat : page 81. Corrigé : page 82

Problème

Le fils du boucher a mis par distraction sa main dans un hachoir à viande, il a obtenu un petit steak haché.
S'il met dans le hachoir son autre bras (soit 1/16 de son poids), sa jambe (1/8 de son poids), sa tête (1/4 de son poids), combien obtiendra-t-il de viande hachée sachant qu'il pèse 80 kg ?

Comment faire ?

- On doit faire la somme de 1/4, 1/8 et 1/16. Il faut réduire les fractions au même dénominateur.
- On multiplie le résultat par 80 pour avoir le poids de viande hachée.

Résultat : page 81. Corrigé : page 82

Problème

Miss Périgord a un tour de poitrine supérieur de 2/15 à celui de Miss Aveyron.
Miss Somalie a un tour de poitrine inférieur de 3/15 à celui de Miss Aveyron.
On demande de combien (en fraction) le tour de poitrine de Miss Somalie est inférieur à celui de Miss Périgord.

Comment faire ?

- Je calcule le tour de poitrine de Miss Périgord par rapport à celui de Miss Aveyron.
- Puis celui de Miss Somalie par rapport à celui de Miss Aveyron.
- J'en déduis celui de Miss Somalie par rapport à celui de Miss Périgord.

Résultat : page 81. Corrigé : page 83

Problème

Réunis en congrès, les poissons ont demandé l'établissement d'un nouveau calendrier avec l'abolition du vendredi.
De quelle fraction chaque semaine a-t-elle été réduite ?

Comment faire ?

- Je calcule le nombre de vendredi par semaine et je le divise par le nombre de jours de la semaine.

Résultat : page 81. Corrigé : page 83

Problème

Pour lutter contre la démographie galopante dans le tiers monde, on vient d'y introduire des troupeaux de loups.
Un loup mange un enfant par jour.
Calculez le nombre de loups nécessaires pour stabiliser un pays de 73 millions d'habitants. (Taux de mortalité 12/1 000, taux de natalité 18/1 000 par an.)

Comment faire ?

- Je calcule l'augmentation de population pour 1 000 par an.
- J'en déduis le nombre d'enfants à manger par an, puis le nombre d'enfants à manger par jour, nombre qui est égal au nombre de loups.

Résultat : page 81. Corrigé : page 83

Problème

Après avoir mangé un couscous royal, le paon a été pris d'un malaise et a vomi les 3/4 de son repas.
À jeun le paon pèse 14 kg et après avoir mangé son couscous royal il pesait 1/7 de plus.
Calculez le poids du paon après qu'il a vomi son couscous royal.

Comment faire ?

- Je calcule d'abord le poids du couscous royal (1/7 du poids du paon à jeun).
- Je calcule ensuite le poids du vomi du paon.
- Je peux trouver alors le poids du non-vomi (Je soustrais le poids du vomi du poids total du couscous royal) et je l'ajoute au poids du paon à jeun.

Résultat : page 81. Corrigé : page 83

Problème

À l'occasion de la semaine de la légitime défense, le supermarché fait une promotion sur les armes.
Les revolvers à 1 500 F sont vendus 4/5 de leur prix. Les fusils à 6 000 F sont vendus 2/3 de leur prix. Tout acheteur d'une commande supérieure à 10 000 F se voit offrir un piège à loup d'une valeur de 900 F.
Quelle sera, en fraction du total, l'économie réalisée sur l'achat de 2 fusils et 3 revolvers ?

Comment faire ?

- Je calcule l'économie faite sur l'achat de 2 fusils puis sur l'achat de 3 revolvers.
- Ma commande faisant plus de 10 000 F, je gagne un piège à loup.
- J'additionne les 3 nombres obtenus et j'ai l'économie totale réalisée. Je calcule la valeur totale de la commande et je divise l'économie par la valeur totale.

Résultat : page 81. Corrigé : page 84

Résultats

→ L'église Notre-Dame de Paris transformée en parking pourrait contenir 81 000 voitures.

→ Après le deuxième interrogatoire au sujet de l'assassinat de la biche, il faut relâcher 95/100 des chasseurs.

→ Le fils du boucher a fait 35 kg de viande hachée avec sa propre viande.

→ Le tour de poitrine de Miss Somalie est inférieur de 5/17 à celui de Miss Périgord.

→ Après l'abolition du vendredi, la semaine est réduite de 1/7.

→ Il faut 1 200 loups pour stabiliser la population.

→ Après avoir vomi son couscous royal, le paon pèse 14,5 kg.

→ La semaine de la légitime défense a fait économiser le tiers de la dépense normale.

Corrigés

Un sacré parking

Nombre de voitures sans espace de circulation :
50 × 60 × 30 = 90 000 voitures
Perte pour circulation :
90 000 × 10/100 = 9 000
Capacité totale :
90 000 – 9 000 = 81 000 voitures

Crime de biche

Chasseurs avec alibi irréfutable :
80 × 1/4 = 20 chasseurs
Chasseurs subissant le 1er interrogatoire :
80 – 20 = 60 chasseurs
Chasseurs innocentés après le 1er interrogatoire :
60 × 1/3 = 20 chasseurs
Chasseurs restant après le 1er interrogatoire :
60 – 20 = 40 chasseurs
Chasseurs à relâcher après le 2e interrogatoire :
40 – 2 = 38 chasseurs
Soit en pourcentage :
38 ÷ 40 = 0,95 = 95/100

Hachons le fils du boucher

Total mis dans le hachoir :
1/4 + 1/8 + 1/16
Soit :
4/16 + 2/16 + 1/16 = 7/16
Soit en kilogrammes :
80 × 7 ÷ 16 = 35 kg

◆ Tour de poitrine de Miss Somalie

Le tour de poitrine de Miss Périgord par rapport à celui de Miss Aveyron fait :
15/15 + 2/15 = 17/15
Le tour de poitrine de Miss Somalie par rapport à celui de Miss Aveyron fait :
15/15 – 3/15 = 12/15
Le tour de poitrine de Miss Somalie par rapport à celui de Miss Périgord fait donc :
12/15 par rapport à 17/15
Soit 12/17
Le tour de poitrine de Miss Somalie est donc inférieur de :
5/17 (17/17 – 12/17)
à celui de Miss Périgord

◆ Les poissons disent non au vendredi

Il y a un vendredi par semaine soit 1/7 de diminution

◆ La surpopulation vaincue par les loups

La population augmente de :
18 – 12 = 6/1 000 par an, soit
73 000 000 × 6/1 000 =
438 000 habitants par an
Il faut en manger :
438 000 ÷ 365 = 1 200 par jour
Il faut donc 1 200 loups

◆ La gerbe du paon

Le poids du couscous est :
14 × 1/7 = 2 kg
Le vomi du paon pèse :
2 × 3/4 = 1,5 kg
Le non-vomi pèse donc :
2 – 1,5 = 0,5 kg
Le paon pèse finalement :
1 4 + 0,5 = 1 4,5 kg

◆ La semaine de la légitime défense

Remise sur 1 fusil :
6 000 × 1/3 = 2 000 francs
Remise sur 2 fusils :
2 × 2 000 = 4 000 francs
Remise sur un revolver :
1 500 × 1/5 = 300 francs
Remise sur 3 revolvers :
300 × 3 = 900 francs
Remise totale avec le piège à loup offert :
4 000 + 900 + 900 = 5 800 francs
Prix normal des marchandises :
(2 × 6 000) + (3 × 1 500) + 900 =
17 400 francs
Économie par rapport au total :
5 800 ÷ 17 400 = 0,33 soit 1/3
L'économie représente le tiers du total

LE POURCENTAGE

Le jockey au chômage doit se résigner à manger son cheval.

Si le camembert affiche son pourcentage de matière grasse, la grosse baronne le cache.

Le pourcentage sert à comparer deux grandeurs entre elles, en ramenant à 100 la grandeur à laquelle on compare.
Dire d'une grosse baronne qu'elle a un pourcentage de 70 % M.G. veut dire qu'il y a 70 g de matière grasse dans 100 g de baronne.

Le pourcentage est une fraction dont le dénominateur est 100.

Problème

Un jockey adulte doit manger 200 g de viande par jour, sauf le vendredi où il mange du poisson.
Combien de semaines pourra tenir un jockey au chômage et arrivé en fin de droits, qui doit se résigner à manger son cheval ?
Le cheval pèse 525 kg, il faut retirer 20 % pour la carcasse, les abats et la selle.

Comment faire ?

- Je calcule d'abord en kg le poids de viande mangeable, puis la ration quotidienne de viande du jockey.
- J'en déduis le nombre de jours pendant lesquels le jockey pourra manger.
- D'où le nombre de semaines de 6 jours.

Résultat : page 91. Corrigé : page 92

Problème

Combien Sa Sainteté a-t-elle palpé pour annuler le mariage de la princesse ?

On sait qu'elle a reversé la moitié de la somme aux œuvres du Vatican, 20 % du reste aux gardes suisses, 25 % du reste à son confesseur pour qu'il se taise.
Il lui reste 90 millions de lires.
Calculez la somme totale que le pape a touchée.

Comment faire ?

- Les 90 millions de lires représentent 75 % de la somme que possédait le pape avant de se confesser, d'où cette somme.
- Cette somme représente 80 % du montant que possédait le pape avant de payer les gardes suisses. Ce montant représente 50 % de la somme qu'a touchée le pape.

Résultat : page 91. Corrigé : page 92

Problème

Le vétérinaire a passé la nuit au chevet d'un hareng qui se déshydrate et devient sec.
Il ne pèse plus aujourd'hui que 90 g et n'a plus que 20 % d'eau alors qu'il en avait 70 % avant sa maladie.
On demande le poids du hareng avant sa déshydratation.

Comment faire ?

- Calculons d'abord le poids du hareng entièrement sec, soit 90 g moins 20 %.
- Ce poids représente 30 % du poids du hareng frais puisque avant sa maladie le hareng était composé de 70 % d'eau.

Résultat : page 91. Corrigé : page 92

Problème

Un référendum national sur la rouille a été organisé la semaine dernière.

Il y a eu 97 % de voix contre, 2 % de voix pour et 237 528 bulletins blancs.
On demande le nombre de votants.

Comment faire ?

- Calculons d'abord le pourcentage représenté par les bulletins blancs.
- Divisons ensuite le nombre de bulletins blancs par ce pourcentage.

Résultat : page 91. Corrigé : page 92

Problème

Avant d'être écartelé, Ravaillac avait des bras de 70 cm, des jambes de 0,80 m, et un tronc de 75 cm de long.
Sous l'effet de la traction des chevaux ses membres se sont allongés de 20 % et son tronc de 10 %.
Quelle longueur maximale a-t-il atteint entre l'extrémité des bras et celle des jambes ?

Comment faire ?

- Je calcule la nouvelle longueur de chaque membre de Ravaillac, soit la longueur initiale plus 20 % de celle-ci.
- Je calcule la nouvelle longueur du tronc de Ravaillac, soit la longueur initiale plus 10 % de celle-ci.
- J'additionne le tout.

Résultat : page 91. Corrigé : page 92

Problème

Un promoteur a eu l'idée d'appeler son nouveau lotissement « Les Métastases » afin que cela lui porte chance.
Effectivement le lotissement « Les Métastases » est un véri-

table succès. Prévu au départ pour 100 logements, il en est, après seulement 2 mois, à 620 logements.
De quel pourcentage a-t-il dépassé ses prévisions ?

Comment faire ?

- Prévu pour 100 logements, le lotissement en est à 620 logements, je soustrais donc 100 de 620, j'obtiens le chiffre du dépassement des prévisions, je calcule ensuite le pourcentage.

Résultat : page 91. Corrigé : page 93

Problème

Aux jeux Olympiques du Vatican, le cardinal Pacelli a réussi un jet de 44,8 mètres au lancer d'hostie.
Il a ainsi battu de 12 % le record du chanoine Abdou.
On demande la longueur du jet d'hostie du chanoine.

Comment faire ?

- Le jet d'hostie du cardinal Pacelli est égal à celui du chanoine plus 12 %.
- Le jet du chanoine est donc égal à 1/1,12 du jet du cardinal.

Résultat : page 91. Corrigé : page 93

Problème

Pour tout achat d'un semi-remorque neuf de 24 tonnes à 6 essieux, vous recevez en cadeau un volume de la Pléiade. On demande le pourcentage de la ristourne sachant qu'un semi-remorque vaut 800 000 francs et un volume de la Pléiade 320 francs.

Comment faire ?

- Une simple règle de trois suffit.
- Si pour 800 000 francs d'achat j'ai une ristourne de 320 francs, pour 1 franc d'achat j'ai une ristourne de 320 divisé par 800 000 francs et pour 100 francs d'achat, j'ai une ristourne de $\frac{320 \times 100}{800\,000}$.
- Le chiffre obtenu correspondra au pourcentage de la ristourne.

Résultat : page 91. Corrigé : page 93

Problème

Le chasseur a vendu 50 000 francs la peau de l'ours avant de l'avoir tué.
Six mois plus tard, le chasseur a été mangé par l'ours.
Calculez la somme que la veuve du chasseur doit à l'acheteur qui réclame la restitution de la somme versée, majorée d'un intérêt de 1 % par mois.

Comment faire ?

- 1 % par mois donc 6 % sur 6 mois.
- 6 % de 50 000 francs sont égaux à...
- Ajoutez cette somme à 50 000 francs pour avoir le total de la dette de la veuve.

Résultat : page 91. Corrigé : page 93

Problème

Un raciste blanc n'aime ni les Noirs, ni les Jaunes, ni les Arabes. Il ne supporte que les vrais Blancs.
Quand on sait que sur 5 milliards d'habitants, il y a 40 % de Jaunes, 400 millions de Noirs et 150 millions d'Arabes, quel

pourcentage de la population mondiale lui reste-t-il à aimer ?

Comment faire ?

- Calculons d'abord le nombre de personnes détestées (Noirs + Jaunes + Arabes).
- Déduisons le nombre obtenu de 5 milliards.
- Il reste les vrais Blancs dont on calcule le pourcentage par rapport à 5 milliards.

Résultat : ci-dessous. Corrigé : page 94

Résultats

→ S'il mange son cheval, le jockey peut tenir 350 semaines.

→ Pour annuler le mariage de la princesse, le pape a reçu une offrande de 300 millions de lires.

→ Avant sa déshydratation le hareng pesait 240 g.

→ Lors du référendum sur la rouille, il y a eu 23 752 800 votants.

→ Lors de son écartèlement la longueur maximale de Ravaillac a atteint 2,625 m.

→ Le lotissement « Les Métastases » a dépassé les prévisions de 520 %.

→ Aux jeux Olympiques du Vatican, le chanoine Abdou a réussi un lancer d'hostie de 40 mètres.

→ Le volume de la Pléiade offert correspond à une ristourne de 0,04 % sur l'achat du semi-remorque.

→ La veuve du chasseur qui avait vendu la peau de l'ours avant de l'avoir tué doit 53 000 francs à l'acheteur.

→ Il reste au raciste 49 % de la population mondiale à aimer.

Corrigés

◆ Le jockey mange son cheval

Poids de viande mangeable :
525 – 525 × 20/100 = 420 kg
Nombre de jours correspondants :
420 ÷ 0,2 = 2 100 jours
Nombre de semaines :
2 100 ÷ 6 = 350 semaines

◆ Combien Sa Sainteté a-t-elle palpé ?

Combien avait-elle avant de se confesser ?
90 ÷ 75/100 = 120 millions
Combien avant les gardes suisses ?
120 ÷ 80/100 = 150 millions
Combien avant les œuvres du Vatican ?
150 ÷ 50/100 = 300 millions
Le pape avait touché 300 millions de lires

◆ Le hareng sec

Poids de l'extrait sec de hareng :
90 × 0,80 = 72 g
Poids du hareng non déshydraté :
72 ÷ 30/100 = 240 g

◆ Référendum sur la rouille

Les bulletins blancs représentent :
100 – 97 – 2 = 1 %
Le nombre de votants est donc :
237 528 ÷ 1/100 = 23 752 800

◆ Longueur de Ravaillac

Longueur des bras :
70 × (1 + 20/100) = 84

Longueur des jambes :
$80 \times (1 + 20/100) = 96$
Longueur du tronc :
$75 \times (1 + 10/100) = 82{,}5$
Longueur totale :
$84 + 96 + 82{,}5 = 262{,}5$ cm
Soit :
2,625 m

◆ Le lotissement « Les Métastases »
Le promoteur a dépassé l'objectif de :
$620 - 100 = 520$ logements
Soit en pourcentage :
$520/100 = 520\ \%$

◆ Le lancer d'hostie
Le jet du cardinal représente :
112 % du jet du chanoine.
Le jet du chanoine fait donc :
$44{,}8 \div 112/100 = 40$ m

◆ La Pléiade et le semi-remorque
Pour 800 000 francs d'achat la ristourne est :
320 francs
Pour 1 franc elle est donc :
$320 \div 800\,000 = 0{,}0004$ franc
Et pour 100 francs :
$0{,}0004 \times 100 = 0{,}04$ franc
Soit :
0,04 %

◆ La peau de l'ours
Intérêt sur 6 mois :
$50\,000 \times 6/100 = 3\,000$ francs
Somme à rembourser :
$50\,000 + 3\,000 = 53\,000$ francs

◆ **Combien reste-t-il au raciste de personnes à aimer ?**
Les Noirs :
400 000 000
Les Jaunes :
40/100 × 5 000 000 000 = 2 000 000 000
Les Arabes :
150 000 000
Au total :
2 550 000 000
Reste :
5 000 000 000 – 2 550 000 000 =
2 450 000 000
Soit :
100 × 2 450 000 000 ÷ 5 000 000 000 =
49 %

LE TEMPS
LA VITESSE

Queue de poisson de saumon.

Parlons du temps qui passe, pas du temps qu'il fait.

L'unité principale de temps est le jour, c'est le temps que la Terre met pour faire un tour sur elle-même.

Un jour comprend 24 heures, avec une partie sombre appelée la nuit.
Une heure comprend 60 minutes.
Une minute comprend 60 secondes.

Quand on a beaucoup de temps devant soi, on utilise plutôt : La semaine qui fait 7 jours, la décade qui fait 10 jours, le mois (un peu indécis) qui fait 28, 29, 30 ou 31 jours, l'année qui fait 365 ou 366 jours, le lustre qui fait 5 ans (au-delà il s'éteint), la décennie qui fait 10 ans, et le siècle qui fait 100 ans (le grand siècle, celui de Louis XIV, n'a pas duré plus de 100 ans).

Remarque
Attention, le temps nuit gravement à la santé.

La vitesse :
La vitesse d'un fer à repasser, d'un rat ou d'un plombier est la distance que le fer à repasser, le rat ou le plombier ont parcourue pendant une unité de temps.
C'est le plombier qui se déplace le plus lentement, on passe son temps à l'attendre.

Problème

Deux mites font la course sur un tigre du Bengale. Elles partent de la tête pour atteindre la queue du tigre ; l'une emprunte les rayures jaunes, l'autre les rayures noires.
De la tête à la queue du tigre, les rayures jaunes mesurent 3,50 mètres et sont plus longues de 35 cm que les rayures noires.

La mite qui a choisi les rayures jaunes va plus vite, elle gagne 1 cm par minute sur sa concurrente qui fait du 5,40 mètres/heure.
Quelle est la mite qui va atteindre la première le bout de la queue du tigre ?

Comment faire ?

- Je calcule en centimètres par minute la vitesse de la mite sur les rayures noires. Je calcule le temps de parcours sur ces mêmes rayures. Je calcule ensuite la vitesse de la mite sur les rayures jaunes, puis le temps.
- Je compare les deux temps de parcours.

Résultat : page 102. Corrigé : page 104

Problème

Un train part de Paris pour Vesoul (soit 364,5 kilomètres) à 7 h 30. Un second train part de Vesoul pour Paris à 8 heures.
Le premier train a une vitesse moyenne de 120 kilomètres/heure et le second de 90 kilomètres/heure.
A quelle heure et à quelle distance de Paris se tamponneront-ils, sachant qu'ils ont emprunté par erreur la même voie ?

Comment faire ?

- Calculons d'abord la distance qui sépare les deux trains à 8 heures (c'est Paris-Vesoul moins la distance parcourue par le premier train en une demi-heure).
- Toutes les heures, cette distance diminue de 120 + 90 = 210 kilomètres.
- Pour qu'elle devienne égale à 0, il faut donc...

Résultat : page 102. Corrigé : page 104

Problème

Le sanglier Hubert pleure chaque fois qu'il écoute le quatuor de Schubert *La Jeune Fille et la mort.*

Ses larmes coulent avec un débit de 1 dm^3 par heure.

Calculez en cm^3 la quantité de larmes versées par le sanglier Hubert pendant la durée de l'*andante con moto* qui dure 14 minutes et 15 secondes.

Comment faire ?

- Il faut avoir les bonnes unités.
- Je calcule le débit des larmes du sanglier en cm^3 par seconde. Puis la durée de l'*andante con moto* en secondes.
- Et je multiplie l'un par l'autre.

Résultat : page 102. Corrigé : page 104

Problème

Il met 20 secondes pour déboutonner un bouton. Il a 125 boutons sur sa robe. On demande le temps que durerait le strip-tease du pape (en heures, minutes et secondes). (Nous l'imaginons nu sous sa robe.)

Comment faire ?

- Calculez le temps en secondes pour déboutonner 125 boutons.
- Vous convertirez ensuite en minutes et en secondes.

Résultat : page 102. Corrigé : page 105

Problème

Le vétérinaire a posé un pacemaker au lièvre cardiaque. Le lièvre peut courir à nouveau comme un lapin. Il parcourt 100 mètres en 5 secondes, départ arrêté.
Combien de temps faudra-t-il au lièvre pour avoir 100 mètres d'avance sur le chien parti en même temps du même endroit à une vitesse de 54 kilomètres par heure ?

Comment faire ?

- Je calcule d'abord la vitesse du chien en mètres par seconde, puis la vitesse du lièvre.
- Je vois que toutes les secondes, le lièvre fait quelques mètres de plus que le chien.
- Il suffit maintenant de diviser 100 par « quelques » pour avoir le résultat en secondes.

Résultat : page 102. Corrigé : page 105

Problème

Un automobiliste part de la Porte d'Orléans pour Lyon, par l'autoroute, à 13 heures. Le même jour, un hérisson décide de traverser l'autoroute à la hauteur d'Orly, soit à 20 kilomètres de la Porte d'Orléans.
L'automobiliste roule à 80 kilomètres/heure et à 5 mètres du bord de la chaussée. Le hérisson démarre à 13 heures 13 minutes à une vitesse de 2 mètres par minute.
Va-t-il se faire écraser par l'automobiliste ?

Comment faire ?

- Je calcule d'abord l'heure à laquelle l'automobiliste passe à la hauteur du hérisson (c'est 13 heures plus le temps qu'il met pour faire les 20 kilomètres).
- Je calcule ensuite le nombre de mètres parcourus par le

hérisson. Si ce nombre est inférieur à 5, le hérisson est sauvé.

Résultat : page 102. Corrigé : page 105

Problème

Un hareng part à 20 heures de Boulogne.
À quelle heure arrivera-t-il à Douvres, sachant qu'il fait du 10 nœuds et que la distance de Boulogne à Douvres est de 45 kilomètres ?
Un nœud correspond à 1 mille marin (soit 1 852 m) par heure.

Comment faire ?

- Je calcule d'abord la distance de Boulogne à Douvres en milles marins.
- Sachant que le hareng fait 10 milles par heure, il est facile d'en déduire le temps qu'il lui faut pour faire la traversée, et son heure d'arrivée.

Résultat : page 102. Corrigé : page 105

Problème

Sachant qu'elle n'a plus vingt ans, que sa première apparition remonte à 8 ans et qu'un produit TV a une durée moyenne de vie de 1,5 an, on demande depuis combien de jours Dorothée a dépassé sa date de péremption.

Comment faire ?

- Je calcule combien d'années Dorothée a fait en trop.
- Je convertis en jours.

Résultat : page 102. Corrigé : page 106

Problème

Un saumon part de Saumur par la Loire à 9 h 30, il fait du 3 nœuds.
Un second saumon part de Saumur à 10 heures dans la même direction.
À quelle heure le second saumon, qui fait du 4 nœuds, pourra-t-il faire une queue de poisson au premier saumon ?

Comment faire ?

- Je calcule la distance à rattraper par le second saumon.
- Puis la distance que le second saumon rattrape toutes les heures.
- J'en déduis en combien d'heures le second saumon rattrapera le premier.

Résultat : page 103. Corrigé : page 106

Problème

Je suis ligoté sur les rails en gare d'Arras. Le Paris-Lille a quitté à 9 h 30 la gare du Nord, il roule à 130 km à l'heure. Arras est à 170 km de Paris.
À quelle heure serai-je déchiqueté par le Paris-Lille ?

Comment faire ?

- Je calcule le temps que le train met pour arriver à Arras.
- J'ajoute ce temps à l'heure du départ du train de Paris et je connais ainsi l'heure exacte de ma mort.

Résultat : page 103. Corrigé : page 106

Problème

Chaque minute compte pour l'homme d'affaires en négociation, aussi, pour lui, vient d'être créée la couche-culotte

« manager », elle lui permet de rester opérationnel et sur le terrain 24 h sur 24.
Sachant qu'un homme d'affaires est obligé de s'absenter 5 fois 3 minutes par jour, calculez en heures et pour un mois, le temps gagné par l'homme d'affaires qui porte la couche-culotte « manager ». (Mois de 30 jours et pas de week-end.)

Comment faire ?

- Je multiplie le nombre de minutes par le nombre de fois que l'homme d'affaires doit s'absenter.
- Je multiplie le nombre obtenu par 30, puis je convertis en heures.

Résultat : page 103. Corrigé : page 106

Résultats

→ Les deux mites arrivent en même temps au bout de la queue du tigre.
→ C'est à 9 h 27 et à 234 kilomètres de Paris que les deux trains se tamponneront.
→ Le sanglier Hubert a versé 237,5 cm^3 de larmes en écoutant le quatuor de Schubert.
→ Le strip-tease du pape dure 41 minutes et 40 secondes.
→ Au bout de 20 secondes, le lièvre qui a un pacemaker a 100 mètres d'avance sur le chien.
→ Le hérisson ne sera pas écrasé.
→ Le hareng arrive à Douvres à 22 heures, 25 minutes et 48 secondes.
→ Dorothée a dépassé de 2 372,5 jours sa date de péremption.

→ Le saumon fera une queue de poisson à l'autre saumon à 11 h 30.

→ Je serai déchiqueté par le Paris-Arras à 10 heures 48 minutes et 36 secondes.

→ La couche-culotte « manager » permet à l'homme d'affaires de gagner 7,5 heures par mois.

Corrigés

Course de mites
Vitesse sur les rayures noires :
5,4 × 100 ÷ 60 = 9 cm/min
Longueur des rayures noires :
350 – 35 = 315 cm
Temps de parcours sur les rayures noires :
315 ÷ 9 = 35 min
Vitesse sur les rayures jaunes :
9 + 1 = 10 cm/min
Temps de parcours sur les rayures jaunes :
350 ÷ 10 = 35 min
Les deux mites arrivent en même temps.

Les trains s'en tamponnent le tortillard
De 7 h 30 à 8 h 00 le premier train fait :
120 ÷ 2 = 60 km
À 8 h 00 les 2 trains sont distants de :
364,5 – 60 = 304,5 km
Par heure les 2 trains se rapprochent de :
120 + 90 = 210 km
Pour se rejoindre il faut, après 8 h 00 :
304,5 ÷ 210 = 1,45 h
Ils se rejoignent donc à :
8 + 1,45 = 9,45 h = 9 h 27 min
Donc à :
(9,45 – 7,50) × 120 = 234 km de Paris

Les larmes du sanglier Hubert
Débit du sanglier en cm^3/seconde :
(1 × 1 000) ÷ 3 600 = 0,2778 cm^3/sec
Durée de l'*andante con moto* en secondes :
14 × 60 + 15 = 855 secondes

Quantité de larmes versées :
$855 \times 0{,}2778 = 237{,}5 \text{ cm}^3$

◆ Le strip-tease du pape

Pour 125 boutons il faut :
$125 \times 20 = 2\,500$ secondes
Soit :
$2\,500 \div 60 = 41$ minutes et 40 secondes

◆ Le pacemaker du lièvre

La vitesse du chien est :
$(54 \times 1\,000) \div 3\,600 = 15$ m/sec
La vitesse du lièvre est :
$100 \div 5 = 20$ m/sec
Le lièvre gagne :
5 m/sec sur le chien.
Pour lui prendre 100 m il faut :
$100 \div 5 = 20$ secondes

◆ Le hérisson d'Orly

L'automobile passe à Orly à :
$13 + (1 \times 20 \div 80) = 13{,}25$ h
Soit :
13 heures et 15 minutes.
À ce moment le hérisson a parcouru :
$(15 - 13) \times 2 = 4$ mètres
Il reste à 1 mètre de l'automobile et est sauvé.

◆ La vitesse du hareng

De Boulogne à Douvres il y a :
$45 \div 1{,}852 = 24{,}30$ milles
Le hareng va donc mettre :
$24{,}30 \div 10 = 2{,}430$ heures
et arriver à :
22,430 heures

Soit :
22 heures 25 minutes et 48 secondes

◆ Dorothée périmée

La date de péremption est dépassée depuis :
8 – 1,5 = 6,5 ans
Soit :
6,5 × 365 = 2 372,5 jours

◆ Queue de poisson de saumon

À 10 heures le premier saumon a fait :
3 × 0,5 = 1,5 mille
Toutes les heures le second saumon rattrape :
4 – 3 = 1 mille
Il rattrapera donc le premier en :
1,5 ÷ 1 = 1,5 heure
Soit à :
10 + 1,5 = 11,5 heures, soit à 11 h 30

◆ L'heure exacte de ma mort

Le temps Paris-Arras est :
170 ÷ 130 = 1,31 heure
Soit : 1 heure 18 minutes et 36 secondes
Je serai donc déchiqueté à :
10 heures 48 minutes et 36 secondes

◆ La couche « manager »

Temps gagné par jour :
5 × 3 = 15 minutes
Temps gagné par mois :
15 × 30 = 450 minutes
Soit en heures :
450 ÷ 60 = 7,5 heures

LE PRIX

Smicard mangeant du caviar.

LE PRIX

Le prix d'une marchandise est la quantité d'argent contre laquelle on peut l'échanger.

Le pourboire n'est pas compris dans le prix.
En France, l'unité monétaire est le franc.
En Inde, c'est la roupie.
Le bénéfice est la différence entre l'argent gagné et l'argent dépensé.
L'inventeur de la gomme qui efface les fautes d'orthographe a réalisé de gros bénéfices.
Quand je gagne moins que ce que j'ai dépensé, le bénéfice est négatif, il s'appelle alors une perte.
La paix dans le monde fait subir de grosses pertes aux marchands d'armes.

Problème

Un homme a reçu un cheval sur la tête, le cheval est tombé d'une hauteur de 15 mètres et pesait 500 kg.
Quel bénéfice va faire la veuve (celle de l'homme) qui revend le cheval 4,20 francs le kilogramme et dépense 1 300 francs pour l'enterrement de son mari ?

Comment faire ?

- Je calcule le prix de la vente du cheval et j'en soustrais le coût de l'enterrement.

Résultat : page 114. Corrigé : page 115

Problème

Le S.M.I.C. (salaire minimum de croissance) est actuellement à 6 000 francs par mois. Le caviar Beluga est actuellement à 3 200 francs le kilogramme.

Calculez en quintaux la quantité de caviar qu'un smicard peut acheter avec son salaire annuel.

Comment faire ?

- Je calcule d'abord le salaire annuel du smicard puis je divise le nombre obtenu par le prix du kilogramme de caviar.
- Je transforme le résultat en quintaux.

Résultat : page 114. Corrigé : page 115

Problème

Maurice est en chimiothérapie depuis 8 mois et il est complètement chauve depuis 7 mois.
Sachant qu'il allait chez le coiffeur 2 fois par mois, et qu'il payait chaque fois 120 francs, calculez l'économie que Maurice a déjà realisée grâce à son cancer.

Comment faire ?

- Je calcule d'abord la dépense mensuelle et je la multiplie par 7.

Résultat : page 114. Corrigé : page 115

Problème

Une poule qui a de la fièvre pond des œufs durs. Les œufs durs sont vendus 1/3 plus cher que les œufs frais.
Sachant qu'un œuf frais est vendu 1,50 F, calculez le bénéfice que fait la poule fiévreuse sur une douzaine d'œufs.

Comment faire ?

- Je calcule le bénéfice par œuf dur et je multiplie le chiffre obtenu par 12.

Résultat : page 114. Corrigé : page 115

Problème

Une chaîne de télévision commerciale demande aux familles de ses téléspectateurs de garder le plus longtemps possible dans leur fauteuil leurs vieux parents qui viennent de succomber en regardant la télévision. Il s'agit de ne pas perdre de points audimat.
Les familles sont indemnisées à raison de 100 F par jour et par cadavre. Calculez le prix du maintien de l'audimat pendant 1 semaine, sachant qu'au début de cette semaine un film d'épouvante a tué 3 000 vieux parents cardiaques.

Comment faire ?

- Je calcule le nombre de jours de maintien devant la TV des vieux parents morts.
- D'où le coût de l'indemnisation.

Résultat : page 114. Corrigé : page 115

Problème

L'ONU et ses casques bleus peuvent aider à régler vos litiges entre voisins. L'intervention est gratuite, seuls sont à votre charge le transport et l'hébergement de la troupe.
Un casque bleu nourri, logé et blanchi revient à 1 000 francs par jour et le transport par gros porteur est facturé forfaitairement 2 500 francs par personne pour l'aller et le retour.

Calculez le prix pour 10 jours d'un détachement de 15 hommes venus bombarder la maison de votre voisin trop bruyant et exterminer ses habitants.

Comment faire ?

- Je calcule le prix d'un casque bleu pendant 10 jours et j'ajoute le transport. Je multiplie par le nombre d'hommes.

Résultat : page 114. Corrigé : page 115

Problème

Les parents de Mickey lui ont offert la Brie pour installer son parc à jeux.
Ils ont payé les agriculteurs français en billets de Monopoly de 50 000 francs, 10 000 francs, 5 000 francs et 1 000 francs.
Calculez le nombre minimal de billets que recevra un agriculteur qui a vendu ses 50 hectares pour 127 000 francs.

Comment faire ?

- Je calcule d'abord le nombre de billets de 50 000 francs en divisant 127 000 francs par 50 000 francs.
- Puis le nombre de billets de 10 000 francs en divisant la somme restante par 10 000 francs. Puis le reste par 5 000 francs, etc.

Résultat : page 114. Corrigé : page 116

Problème

Un permis de chasse à points remplace désormais le permis de chasse traditionnel.
Chaque chasseur possède au départ un capital de 100 points. S'il tue une poule il perd 1 point, 3 points pour

un chien, 5 points pour une vache et 10 points s'il tue son meilleur ami. Le permis coûte 1 000 francs.
Calculez la dépense annuelle du chasseur qui chaque week-end tue deux poules, un chien, deux vaches et son meilleur ami.

Comment faire ?

- Je calcule le nombre de points perdus par semaine et je calcule le nombre de semaines que dure un permis. Puis le nombre de permis par an et j'obtiens la dépense annuelle en multipliant par 1 000 francs.

Résultat : page 114. Corrigé : page 116

Problème

Une nouvelle poupée Barbie vient d'être mise sur le marché. Il s'agit de Barbie Morte. Les enfants peuvent s'amuser à lui faire sa toilette funèbre, l'ensevelir et la mettre en bière.
Le cadavre de Barbie est vendu 300 francs sans accessoire.
Sachant que le linceul coûte 35 francs, que le cercueil en bois véritable avec capitonnage et oreiller en satin coûte 110 francs, calculez le prix d'une mise en bière de Barbie en dollars.
(Pour le cours du dollar, consultez votre quotidien.)

Comment faire ?

- J'additionne le prix du cadavre de Barbie, le prix du linceul et le prix du cercueil et je transforme la somme totale en dollars.

Résultat : page 114. Corrigé : page 117

Problème

Le nouveau catéchisme nous donne le nouveau tarif d'expédition des âmes au ciel.
Un pli ordinaire pour les gens ordinaires : 100 francs.
L'envoi recommandé à Dieu : 250 francs.
L'envoi en nombre : 50 francs (minimum : 1 000) à l'occasion d'une guerre ou d'un tremblement de terre.
L'envoi en bagage accompagné. Si vous décidez d'accompagner votre âme vous paierez 1/2 tarif pour aller au ciel.
Calculez le prix d'expédition de 2 âmes en pli ordinaire, 5 âmes en recommandé et 5 000 envois en nombre.

Comment faire ?

- Je calcule le prix de chaque envoi. Je fais la somme.

Résultat : page 114. Corrigé : page 117

Problème

La location d'un hélicoptère coûte 5 000 francs l'heure. Le pilote 2 500 francs la journée (toute journée commencée est due). Un pot-de-vin 1 000 francs (il y a 5 gardiens).
Calculez le prix de l'évasion d'un prisonnier.
(Une évasion moyenne dure 4 jours.)

Comment faire ?

- Je calcule le prix de chaque élément.
- J'additionne les résultats obtenus.

Résultat : page 114. Corrigé : page 117

Résultats

→ La veuve fait 800 francs de bénéfice.

→ Avec son salaire annuel, le smicard peut s'acheter 0,225 quintal de caviar Beluga.

→ Maurice a économisé 1 680 francs de coiffeur grâce à son cancer.

→ La poule fiévreuse gagne 6 francs par douzaine d'œufs durs.

→ La chaîne de télévision dépensera 2 100 000 francs pour conserver ses points d'audimat.

→ Les casques bleus vous reviendront à 187 500 francs.

→ Le cultivateur a reçu 7 billets de Monopoly de la part des parents de Mickey.

→ Le chasseur maladroit dépense 13 000 francs par an pour son permis à points.

→ L'enterrement de la poupée Barbie coûtera 445 francs.

→ Les expéditions d'âmes au nouveau tarif coûteront 251 450 francs.

→ Une évasion en hélicoptère coûte 27 500 francs.

Corrigés

Le bénéfice de la veuve
Prix de vente du cheval :
500 × 4,2 = 2 100 francs
Bénéfice :
2 100 – 1 300 = 800 francs

Le smicard et le caviar
Soit : 6 000 × 12 = 72 000 francs par an
Le caviar étant à 3 200 francs le kg, le smicard peut acheter :
72 000 ÷ 3 200 = 22,5 kg
soit : 22,5 ÷ 100 = 0,225 quintal

La chimiothérapie de Maurice
Dépense mensuelle :
120 × 2 = 240 francs
Économie totale :
240 × 7 = 1 680 francs

Le bénéfice de la poule fiévreuse
Bénéfice par œuf :
1,5 × 1/3 = 0,50 franc
Bénéfice par douzaine :
0,50 × 12 = 6 francs

Les morts regardent la télé
Nombre de jours de maintien :
3 000 × 7 = 21 000 jours
Soit un coût de :
21 000 × 100 = 2 100 000 francs

◆ ONU casques bleus

Prix d'un homme pendant 10 jours :
$10 \times 1\,000 = 10\,000$ francs
Prix de 10 jours + transport :
$10\,000 + 2\,500 = 12\,500$ francs
Prix pour 15 hommes :
$12\,500 \times 15 = 187\,500$ francs

◆ Le cadeau de Mickey

Billets de 50 000 francs :
$127\,000 \div 50\,000 = 2$,
il reste :
$127\,000 - 100\,000 = 27\,000$
Billets de 10 000 francs :
$27\,000 \div 10\,000 = 2$,
il reste :
$27\,000 - 20\,000 = 7\,000$
Billets de 5 000 francs :
$7\,000 \div 5000 = 1$,
il reste :
$7\,000 - 5\,000 = 2\,000$
Billets de 1 000 francs :
$2\,000 \div 1\,000 = 2$,
il reste :
$2\,000 - 2\,000 = 0$
Le cultivateur a touché :
$2 + 2 + 1 + 2 = 7$
billets de Monopoly pour sa terre

◆ Permis de chasse à points

Points perdus par semaine :
$(2 \times 1) + (1 \times 3) + (2 \times 5) + (1 \times 10) = 25$ points
Nombre de semaines par permis :
$100 \div 25 = 4$ semaines
Nombre de permis par an :
$52 \div 4 = 13$ permis

Dépense annuelle :
13 × 1 000 = 13 000 francs

◆ L'enterrement de la poupée Barbie
Prix du cadavre de Barbie :
300 francs
Prix du linceul :
35 francs
Prix du cercueil avec oreiller en satin :
110 francs
Total :
445 francs
que je transforme en dollars

◆ Tarif d'expédition des âmes au ciel
Pour les 2 envois ordinaires je paie :
2 × 100 = 200 francs
Pour les 5 recommandés :
5 × 250 = 1 250 francs
Pour les 5 000 envois en nombre :
5 000 × 50 = 250 000 francs
Soit au total :
251 450 francs

◆ Baptême de l'air à Fleury-Mérogis
4 heures d'hélicoptère coûtent :
4 × 5 000 = 20 000 francs
1 journée de pilote coûte :
1 × 2 500 = 2 500 francs
5 pots-de-vin coûtent :
5 × 1 000 = 5 000 francs
Soit pour une évasion :
20 000 + 2 500 + 5 000 = 27 500 francs

Les dix merveilleuses histoires de la multiplication

■ La belle histoire de la multiplication de UN

Il était	une	fois	un =	1
Il était	2	fois	un =	2
Il était	3	fois	un =	3
Il était	4	fois	un =	4
Il était	5	fois	un =	5
Il était	6	fois	un =	6
Il était	7	fois	un =	7
Il était	8	fois	un =	8
Il était	9	fois	un =	9
Il était	10	fois	un =	10

■ La belle histoire de la multiplication de DEUX

Il était	une	fois	deux =	2
Il était	2	fois	deux =	4
Il était	3	fois	deux =	6
Il était	4	fois	deux =	8
Il était	5	fois	deux =	10
Il était	6	fois	deux =	12
Il était	7	fois	deux =	14
Il était	8	fois	deux =	16
Il était	9	fois	deux =	18
Il était	10	fois	deux =	20

■ La belle histoire de la multiplication de TROIS

Il était	une	fois	trois =	3
Il était	2	fois	trois =	6
Il était	3	fois	trois =	9
Il était	4	fois	trois =	12
Il était	5	fois	trois =	15
Il était	6	fois	trois =	18
Il était	7	fois	trois =	21
Il était	8	fois	trois =	24
Il était	9	fois	trois =	27
Il était	10	fois	trois =	30

■ La belle histoire de la multiplication de QUATRE

Il était	une	fois	quatre =	4
Il était	2	fois	quatre =	8
Il était	3	fois	quatre =	12
Il était	4	fois	quatre =	16
Il était	5	fois	quatre =	20
Il était	6	fois	quatre =	24
Il était	7	fois	quatre =	28
Il était	8	fois	quatre =	32
Il était	9	fois	quatre =	36
Il était	10	fois	quatre =	40

■ La belle histoire de la multiplication de CINQ

Il était	une	fois	cinq =	5
Il était	2	fois	cinq =	10
Il était	3	fois	cinq =	15
Il était	4	fois	cinq =	20
Il était	5	fois	cinq =	25
Il était	6	fois	cinq =	30
Il était	7	fois	cinq =	35
Il était	8	fois	cinq =	40
Il était	9	fois	cinq =	45
Il était	10	fois	cinq =	50

■ La belle histoire de la multiplication de SIX

Il était	une	fois	six =	6
Il était	2	fois	six =	12
Il était	3	fois	six =	18
Il était	4	fois	six =	24
Il était	5	fois	six =	30
Il était	6	fois	six =	36
Il était	7	fois	six =	42
Il était	8	fois	six =	48
Il était	9	fois	six =	54
Il était	10	fois	six =	60

■ La belle histoire de la multiplication de SEPT

Il était	une	fois	sept =	7
Il était	2	fois	sept =	14
Il était	3	fois	sept =	21
Il était	4	fois	sept =	28
Il était	5	fois	sept =	35
Il était	6	fois	sept =	42
Il était	7	fois	sept =	49
Il était	8	fois	sept =	56
Il était	9	fois	sept =	63
Il était	10	fois	sept =	70

■ La belle histoire de la multiplication de HUIT

Il était	une	fois	huit =	8
Il était	2	fois	huit =	16
Il était	3	fois	huit =	24
Il était	4	fois	huit =	32
Il était	5	fois	huit =	40
Il était	6	fois	huit =	48
Il était	7	fois	huit =	56
Il était	8	fois	huit =	64
Il était	9	fois	huit =	72
Il était	10	fois	huit =	80

■ La belle histoire de la multiplication de NEUF

Il était	une	fois	neuf =	9
Il était	2	fois	neuf =	18
Il était	3	fois	neuf =	27
Il était	4	fois	neuf =	36
Il était	5	fois	neuf =	45
Il était	6	fois	neuf =	54
Il était	7	fois	neuf =	63
Il était	8	fois	neuf =	72
Il était	9	fois	neuf =	81
Il était	10	fois	neuf =	90

■ La belle histoire de la multiplication de DIX

Il était	une	fois	dix =	10
Il était	2	fois	dix =	20
Il était	3	fois	dix =	30
Il était	4	fois	dix =	40
Il était	5	fois	dix =	50
Il était	6	fois	dix =	60
Il était	7	fois	dix =	70
Il était	8	fois	dix =	80
Il était	9	fois	dix =	90
Il était	10	fois	dix =	100

Ils se multiplièrent et eurent beaucoup d'enfants

Le gardien de phare, le sanglier Hubert,
la Joconde, le hareng sec,
la poupée Barbie, Mozart,
le mètre cube, le paon malade, Paul-Loup,
l'employé du gaz, le tigre du Bengale,
les casques bleus, Dorothée,
Ravaillac, le centimètre carré,
Miss Périgord, le jockey au chômage,
l'aigle en stage, l'ambassadeur indien,
Mickey, le smicard, l'hectomètre,
la marchande de poisson, la maman kangourou,
la patineuse artistique,
le journaliste de la télé et la grosse baronne...

ont le plaisir de vous inviter à les rejoindre
autour de la table des matières.

Table des matières

Du même auteur :

AUX ÉDITIONS PAYOT & RIVAGES :

Grammaire Française et impertinente (1992)

Le Pense-bêtes de Saint François d'Assise (1994)

Peinture à l'huile et au vinaigre (1994)

Sciences naturelles et impertinentes (1996)

Je vais t'apprendre la politesse, p'tit con' (1998)

Roulez jeunesse (2000)

Les Organismes Gentiment Modifiés (2006)

AUX ÉDITIONS STOCK :

Il a jamais tué personne, mon papa (1999)

La Noiraude, Encore la Noiraude,
Pas folle la Noiraude (1999-2001)

J'irais pas en enfer (2001)

Le Petit meaulnes (2003)

Antivol, l'oiseau qui a le vertige (2003)

Satané Dieu (2005)

CHEZ D'AUTRES ÉDITEURS :

Le Curriculum vitae de Dieu (Seuil, 1995)

Le Pain des Français (Seuil, 1996)

Mouchons nos morveux (Lattès, 2002)

Les mots des riches, les mots des pauvres (Anne Carrière, 2004)

Mon dernier cheveu noir (Anne Carrière, 2005)

À ma dernière cigarette (Hoëbeke)

Histoires pour distraire ma psy (Anne Carrière, 2005)

Achevé d'imprimer en août 2008 en Espagne par
LITOGRAFIA ROSÉS S.A.
Gava (08850)
Dépôt légal 1ère publication : mai 2002
Édition 03: août 2008
LIBRAIRIE GÉNÉRALE FRANÇAISE – 31, rue de Fleurus – 75278 Paris Cedex 06

31/5328/5